2024年诗歌选粹

邰筐 ◎ 主编

缓慢

2024·北岳
中国文学主题年选
（丛书主编·王朝军）

《名作欣赏》杂志鼎力推荐

权威遴选 深度集合

山西出版传媒集团
北岳文艺出版社·大原

**图书在版编目（CIP）数据**

2024年诗歌选粹：缓慢 / 邰筐主编. -- 太原：北岳文艺出版社, 2025. 6. -- (2024·北岳·中国文学主题年选 / 王朝军主编). -- ISBN 978-7-5378-7096-2

Ⅰ. I227

中国国家版本馆CIP数据核字第202576S1U4号

# 2024年诗歌选粹：缓慢
## 2024 NIAN SHIGE XUAN CUI: HUANMAN

邰筐 / 主编

//

出品人
董利斌

选题策划
王朝军

责任编辑
庞咏平

书籍设计
张永文

印装监制
郭 勇

出版发行：山西出版传媒集团·北岳文艺出版社

地址：山西省太原市并州南路57号　邮编：030012

电话：0351-5628696（发行部）　0351-5628688（总编室）

传真：0351-5628680

经销商：新华书店

印刷装订：山西万佳印业有限公司

成品尺寸：170 mm×240 mm

字数：261千　印张：16.5

版次：2025年6月第1版

印次：2025年6月山西第1次印刷

书号：ISBN 978-7-5378-7096-2

定价：68.00元

# 代序言：在AI复制的狂欢中重建精神的故乡

## ——2024年度汉语诗歌观察

邰筐

一

《诗经》之前的上古歌谣里有一首《弹歌》，全篇只有八个字："断竹，续竹；飞土，逐宍（肉）。"短短八个字却写出了从制作工具到获取猎物的全过程，信息量之大，足以轻松装下一部长篇。八个字足以让我们脑补出极具细节化的四个场景。

第一个场景：一群裹着树叶、兽皮的先民在原始竹林里用石斧砍伐竹子；第二个场景：一群先民用骨刀把砍下的竹子削枝、去叶，破竹成片，然后用野藤之类的韧性植物连接竹片两端，一步步把它制成一张弹弓；第三个场景：一群先民捡拾大小不一的石块，打磨成适合发射的弹丸，装到弓弦上打出去；第四个场景：弹弓手瞄准飞禽或走兽，一旦击中，大家便向受伤的鸟兽飞奔而去，一起参与围猎。

这是我目前读到的一首最古老的诗歌。我突然想到一个很有意思的问题，如果把这四个最古老的劳动场景描述给AI，让它根据以上场景，以极简的文字写一首先民狩猎的古体诗，不知会碰撞出什么样的火花？输入之后短短三十秒我便得到了这样一首新古体五言《竹弓行》：

石刃裂苍筠，韧藤缚弯弧。

砺石作星雨，逐影共围驱。

无独有偶，早在七八年前写诗机器人"小冰""小封"就横空出世，并先后推出诗集《当阳光失了玻璃窗》（2017）、《万物都相爱》（2019）。北京大学王选计算机研究所研发出小明、小南、小柯，清华大学则研制出薇薇、九歌等写作机器人。机器人写诗，正成为诗歌研究界关注的重要对象，甚至是热门话题。2024年底，在第八届成都国际诗歌周上，近百位海内外诗人围绕"AI时代·诗歌传承与人类未来"这个话题展开了一场激烈的讨论。一些诗人认为，人工智能及其算法逻辑形成的写作，已不只是初级阶段的无功利的"语言游戏"，而是经过长期训练以后的"潜在文学工场"的写作。以小封为例，小封在开始诗歌创作之前学习了古体诗词曲约20万首、现代诗约30万首。它师从中外名家，它的老师不仅有中国古代的李白、杜甫、白居易，还有国外的萨福、拜伦、狄金森。

我在这里并不想继续探讨人类与AI写诗孰优孰劣，当人类已能通过量子计算机破解基因密码，当信息的洪流以比特为单位冲刷着我们的感官，当技术迭代将世界压缩成一块闪烁的屏幕，我们的指尖瞬间滑动便能捕获千年文明的碎片，甚至让探测器穿越星际尘埃。

我的脑海里突然涌现出一个颇为荒诞的画面：一个拥有光速大脑的机器人正骑着杜甫的那头毛驴子，缓缓走在通向长安的古道上。

这种"光速的大脑与缓慢的心灵"的悖论，或许正是我们今天的宿命。人们习惯了在高速中失重，在喧嚣中失语，在虚拟中失真。然而，在这片由二进制编织的加速荒原上，诗歌却以一种近乎悖谬的姿态生长——它拒绝被压缩，抗拒被量化，以缓慢执拗的笔触镌刻着时光。

在这个每秒产生4.7TB数据的星球上，写诗或许是最奢侈的反叛。诗人用词语编织减速带，在意义的快车道上制造必要的颠簸；他们深耕语言的冻土，让被技术祛魅的世界重新散发神性的微光。缓慢不是保守，而是另一种先锋——从ChatGPT到量子计算，从元宇宙到脑机接口，当人类正加速滑向赛博格化的临界点，诗歌始终是那根拴住气球的金线，以独特的敏感与韧性，记录下灵魂在数字洪流中的震颤与觉醒。

# 二

2024年的世界，科技与危机并存，希望与困惑交织。全球化退潮、人工智能崛起、生态困境加剧、个体精神漂泊……这些宏大的命题在诗人们的笔下要么被拆解成细微的日常，要么被重构成记忆的瞬间。每一首诗都是一扇门，每一扇门都通向诗人内心最隐秘的角落，读诗的过程就是征服一座座语言迷宫的过程。

好诗人都是埋伏在繁忙日常里的心灵禅修者。

外卖骑手诗人王计兵《赶时间的人》就是最好的例证。"从空气里赶出风/从风里赶出刀子/从骨头里赶出火/从火里赶出水"，"一个个飞奔的外卖员/用双脚锤击大地/在这个人间不断地淬火"，证明诗意从未远离烟火人间。更耐人寻味的是商震的《给老娘做饭》：当母亲在小米粥、疙瘩汤与馄饨间反复无常，诗人捕捉到的不仅是阿尔茨海默病的病理特征，更是用食物的热气蒸腾出记忆的形态学，"其实我没饿"的喃喃自语，道尽生命暮年的孤独与尊严，这是AI算法无法捕捉的人间温情。林典铂的《在动车站》中，母亲"油腻腻的手剥橘子"的场景，在面部识别与行为分析的精确之外，守卫着伦理的温度。胡澄在《茶卡盐湖》中写道："含垢的心多么愿意/浸在水中/使劲地擦洗"，诗人以语言的自我清洁运动，对抗数据污染的侵袭。宇向在《我的房子》中建造的"由书垒成的走廊"，就像一座纸质挪亚方舟，载着汉语的基因密码，驶向不确定的未来。辛泊平的《虚构的族谱》揭示了诗歌的终极魔法：当现实族谱在历史暴力中支离破碎，诗人用词语重建"对前朝保持未知的敬意"。这种虚构不是逃避，而是以慢制快的战略：在文明加速折旧的进程中，诗歌用语言的缓刑创造记忆的飞地。

打捞时间长河里那些记忆的瞬间是这个选本的另一条主线。

安琪在《整理老照片突然看到父亲》中完成了一场惊心动魄的时间穿刺：25岁的女儿与51岁的父亲在相纸中永恒碰杯，而叙述者以未来视角宣告"过了12年，我要离/过了17年，他要死"。这种时空折叠的叙事，暴露出记忆的残酷与温柔：照片是凝固的琥珀，而诗歌是溶解琥珀的溶剂，让逝去的时光重新流动成生命的潮汐。在《小学校》中，雷平阳以废墟般的校园为意象，反思教育、历史与暴力的纠葛："抄录的文字中，还弥漫着火药的气息 / 而非童心！"这种冷峻的笔触，将历史的创伤与现实的荒诞并置，提醒我们：诗歌不仅是美的载体，更是对遗忘的抵抗。同样，《上元夜》中东篱以"一条扭曲的铁链"刺破节日的虚幻，将个体的苦难嵌入集体狂欢的缝隙，揭示出光鲜表象下的裂痕。窗户笔下的《白鹭岛》，让鸟群成为"从时光深处飞出/不停打捞着我们美好、逝去的记忆"的灵媒。李少君的《西山暮色》以山色隐喻时间的凝固："他脸色肃穆，和苍茫的山色融为了一体"。而蓝蓝的《秋天的列车》则用"候鸟、树叶和黄昏"的消逝，宣告"生命撤走后的寂静"。诗人如同时间的考古学家，在记忆的废墟中挖掘出那些被遗忘的瞬间，并将其锻造成抵抗虚无的武器。孟醒石的《翻阅一本旧书》将七十年前的批注视为"藏在砖缝的密钥"，在铅字与青苔的共生中，完成对线性时间的叛逃。这种记忆考古还呈现为文明基因的重新编码，莫言的《布拉格文学印象》以卡夫卡、昆德拉等文学幽灵为坐标，在布拉格的雨巷中，"马蹄铁闪烁的明亮/是幽暗中你的泪光"，将东欧文学传统熔铸成抵抗技术异化的盾牌。这种对时间的凝视，最终指向存在的本质。毛子在《身体的因式分解》中发问："为什么手是五根指头 / 血，天生就是鲜红？"身体的奥秘与宇宙的秩序在此交汇，诗人以科学的冷峻与诗意的狂热，探寻生命最原始的密码。胡弦在《制造宇宙》中写道："急救车从不稳定的光线里驶过/要去抢救一个坏了的宇宙"，以科幻叙事解构爱情的量子纠缠，将自然书写推向宏观与微观的极致。我们看到的不仅是语言的盛宴，更是灵魂的跋涉，如余秀华在《向不确定的事物索要亮光》中所言："你向不确定的事物 / 索要亮光 / 这是最好的"。——诗歌的本质或许正是如此：它不提供确凿的答案，而是以不确定的姿态，照亮我们生命中那些未被言说的角落。

缓慢与坚守成为一种新的诗歌美学。

正如大解在《缓慢的阅读》中描述的沉思："直到阳光披在我身上/书卷忽然反光/我知道该起身了"——这种从慵懒中升腾的顿悟，揭示了慢速思考的珍贵：它允许光线在玻璃上折射波纹，允许往事在地板上投下倒影，允许我们在钟表的圆周运动中触摸线性时间之外的褶皱。在环境危机与元宇宙狂想并置的当下，诗歌悄然进行着自然的复魅仪式。而李轻松的《我与铁的相遇》则展现了工业文明的史诗维度。铁不仅是冰冷的金属，更是"精神的遗址"，是"非遗的技艺"，是"穿透文明第一道曙光"的圣物。诗人与铁器的对话，实则是与整个工业文明的超时空谈判——当AI开始撰写情诗，我们更需要这样的诗歌来守护人性的温度。在表情包肢解语言、热词消解思想的语境下，诗歌坚持着语言的炼金术。车前子在《害羞的形式》中创造奇崛的隐喻："船在河面凿个洞/水像一艘船沉掉，没有负担"——这种违反物理法则的想象，实则是对语言陈规的爆破。阿华的《大蓟花开》以植物为时间容器，"霜色还带着草木的骨气"，将物种进化史压缩成一句箴言。霍俊明的《白鸟浮屠，或杜甫躺在夏日海岬》让水鸟的翅膀"打开一道垂直的光"，在生物性与神性的交界处完成对技术祛魅的抵抗。而辰水的《大地有着一副菩萨心肠》则将土地升华为救赎的象征："不冤枉一个好人，不嫉妒一个富人，不拉下一个穷人"，这种泛神论的书写，既是对农耕文明的致敬，也是对工业时代异化的批判。或许正如臧棣在《玫瑰叉》中的发现：捕鲸叉的锈迹里沉淀着大航海时代的凶险，而玫瑰叉是"由神圣的肉体做成的"。在这个光速时代，缓慢的诗歌正是这样的玫瑰叉——它刺破技术的茧房，在所有人造光的包围中，为我们打捞最初的星空。

当深度学习模型可以瞬间生成押韵的句子，诗人们用自己优秀的诗作回答了"为何仍需人类写诗"这个问题。或许正如西川在《雪》中所言："雪带来了缺少"——而诗歌，正是对着这种缺少的深情凝视。

### 三

基于以上理由，我选出了2024年度150多首优秀的诗作，但我深知这种披沙沥金的筛选方式难免挂一漏万；而且受困于每个编者的自我认知，每个选本也许最后都只能算作一家之言。

是为序。

# 目 录

# 大蓟花开

/ 阿　华

那时候，月亮总是很忙
它每晚都会沿着
茂密的山林，翻山越岭
去另一个省份

那时候，树上挂满梨子与棠果
斑鸠在树荫下散步
而花事的漩涡里，还有着
晶莹的果核和斑斓的内心

那时候，人世还算丰盈
霜色还带着草木的骨气
我从梨树镇走过，看到
一束束大蓟开在路边

那新鲜的蓝，如同久雨初晴
死过返生

选自《诗刊》2024 年第 3 期

# 叫白英的人，或植物

/阿 毛

借助详尽的说明书
我对你也只是一知半解
只知你是白草、排风藤、天灯笼
有观赏价值
可入药
果实有小毒

只知你提琴式的叶片
有毛茸茸的触感和棉花糖的质地

但不知你的基因、谱系
不知我童年时
坐在河边
靠着你
差点把你的黑红果子
当糖吃

选自《诗歌月刊》2024年第5期

# 纪念品

/艾　蔻

我们越过田野，只为
捕捉黑蜻蜓
黑蜻蜓透明的翅膀
悬挂诱人的光晕
由于逃逸路线过于繁复
它渴望变成地下铁
地下的，坚硬的，直来直去

世上真有黑蜻蜓？
真相尚未弄清，还悬在半空
我们只好越蹦越高
像一群蚱蜢
沾惹了植物的粗野劲
又必须保持沉默

只有黑色喋喋不休
诉说，诉说

甚至要展开营救
在我们陷入精神荒原的时刻

选自《诗选刊》2024年第 9 期

# 清明回家

/艾诺依

清明时节，应该回家看看
你也会死
墓碑，听着墓碑的吟唱

走了遥远的路
总有一段属于归途
游荡很久的灵魂
也要赶往乡间齐聚

被风吹干的花朵，思念着
那些蝴蝶
亡魂，此刻主宰着
下一个天亮

神灵鬼怪汇集在墓碑前
向对方洒去淡淡光芒

选自微信公众号"北京诗局"2024 年 4 月 28 日

# 整理老照片突然看到父亲

/ 安　琪

他还那么年轻
当然我更年轻

25 岁的女儿
51 岁的父亲

比现在的我还年轻的父亲
瘦削，硬朗，举着盛满闽燕啤酒
的酒杯到处碰杯，参加我的婚礼

他不知道
过了 12 年，我要离
过了 17 年，他要死

他笑得那么开心
就好像可以，永远永远这么笑下去

选自《特区文学》2024 年第 11 期

# 多年前的某个晚上

/ 安　然

夜色很好，月色也很好

蛐蛐叫声清脆

我们走在一条小路上

小路通向一片杏林

有一次，我们从篱笆墙外

悄悄爬进了杏林

我们慢悠悠地走着

不说话

但特别开心

借着月色

观察每一棵树

我们两手空空

并没有摘下一颗杏子

选自微信公众号"诗与画"2024 年 12 月 19 日

# 忽忆你爱我

/ 白　玛

黑夜柔软，四处飘着你，你的气息
白天无可躲藏，我奔向你，近看却不是你
雨水替你说。雪花是你在变魔术呵
旷野一阵疾风，好像你伸手蒙住我的眼睛，那是我们的游戏
路旁每一朵花都是你的安排，每一棵树都能护送我回家
当阳光驱逐乌云，亲爱的，我流泪是因为掩不住幸福

选自微信公众号"猛犸象诗刊"2024年4月19日

# 与一只喜鹊对视

/白庆国

我喜欢与那些善良之物对视

它们的目光清澈见底

没有一丝污浊

比如，喜鹊，鸽子，小白兔，羊

我从它们的身上得到了生活的安宁

并学会了以怎样的态度对待周围的人

而那些虎豹豺狼

我总是躲避

我不愿意它们的秉性渗透到我的血液

让我变得恶

朋友你也喜欢我喜欢的吧

没有错误

选自微信公众号"诗家族"2024年11月8日

# 父亲从课堂回来

/ 北　野

我在婴儿时就爱上你，但我
寻找一生也未遇见你。玻璃缸中的鱼
一长大，它们的嘴里就含满卵泡

你偏爱读书，双耳在窗外听雨
你执着于还乡，却无法抓住消逝的黄昏
你像影子一样稀疏又无用

你在树荫里抄《本草纲目》
我在月光下大声读《蒙学三字经》
我们泾渭分明，仿佛命运各有征途

虫王尖叫着飞回田野，草木向东倒伏
鬼魂进入夜色，黎明的翅膀因此
变成了湿漉漉的流星

父亲头一次从课堂回来，额头上

顶着雪白的粉笔灰
像一只兴奋又茫然的野鹤

父亲最后一次从课堂回来，是七年
之后，马老师变得胆小又爱哭
他垂头丧气，像一只病恹恹的企鹅

秋天来的时候，月亮是相册里的警钟
乌鸦坐在山冈上，它一坐就是百年
像一座悬崖突然冲进了天空

选自《四川文学》2024年第9期

# 我也想学会一门外语

/ 笨 水

一群外国诗人，他们
用英语朗诵，用俄语朗诵
用阿拉伯语朗诵，用立陶宛语朗诵
在语言中穿行。语言有边境吗
舌头上的帕达马加·伊延加尔
爱温德·图姆博、汉南·阿瓦得
而更自由的，托马斯·温茨洛瓦
除母语外，他还精通俄语、波兰语
这使他自由得如同流亡，多受语言之伤
语言发生的冲突
必将在一个人身上，得到和解
爱这国，爱那国，他不懂中文
却爱李白的敬亭山
语言使人的爱没有边界，但仍有限
一个人终不能，说自己爱宇宙
因此，我也想学会一门外语
好使我的爱，更广阔，也更狭隘

从爱河流到爱鱼，从爱森林，到爱敏捷的鹿
从爱平方公里到爱人
我要学的这门外语，一定要是小语种
比最小的国家还小
几近濒危，小得如同一面屋顶
世上，已没几人能说。与我交谈的人
更是稀少，但无比自由
以至于石头也加入我们中间

选自《诗刊》2024年第9期

# 寂　静

/灿　萍

总有一闪而过的事物
躲过我的眼睛
比如这些美好的花朵
在雨中安然开落

还有在这样的城市里
安详的夜晚
与朴素的词语拥抱在一起

遍地的狗尾巴草
在大地的稿纸边缘疯长
叶子上端坐的蚂蚁
雨来临之前往树干里迁徙

雨滴砌墙，蛙鸣声里安家
今夜，眺望和怀想都很随意
唯有文字很寂静

选自微信公众号"诗南朝" 2024 年 12 月 2 日

# 离　婚

你还好吗
她的眼泪当即决了堤
好了好了我不问了——她以前是这样

今天她主动展示自己婚姻的裂缝
以及它深渊般的痛苦
一道尚未结痂的伤口
"伤口释出自己的光"

就目前而言纱布拆去我们
谁也没有感觉到它

法庭上法官问他（她的前夫）
你肯定左边这位女士是本案当事人吗
他说大概是吧。法官一声冷笑
他继续解释为什么是"大概"
因为他们坐在一张餐桌上

15

始终隔着一层热气
"我从来就没有看清过她"

你们说搞笑吧。她说

座上谁转动了转盘
清蒸鳜鱼对着她，张大嘴
她夹了一块鱼

裂缝到底有一个怎样的底部
我想着一条鳜鱼游入石缝的情景

选自《上海诗人》2024年第3期

# 害羞的形式

/车前子

超过五个人的场合，我有障碍。
船在船舱凿个洞，也是在河面
凿了个洞，笔直进入河底。
男诗人说："他害羞。"
确实害羞的话，害羞具有不流畅形式，
另外，写作并非打炮，
不需要那么爽。船在河面凿个洞，
水像一艘船沉掉，没有负担。

选自微信公众号"幸存者诗刊"2024年第3期《幸存者·采撷》

# 古　道

/车延高

驼铃和马蹄没有停止过缝补
时间一丝不苟
胡杨林被风裁成风的样子

炊烟比古道瘦
几根拴马桩，拴不住义无反顾的岁月

横风千里，大漠孤烟写在昨天的书里
千里横风，没有长河，落日还是圆的

在戈壁，遇到一棵骆驼刺都是莫逆之交

有时，对着不知所云的北风
就能把一碗月光喝下去

选自《十月》2024年第1期

# 大地有着一副菩萨心肠

/辰　水

大地从来都有着一副菩萨心肠
无论是荒年，还是兵燹
贫瘠还是肥沃，总会抽出谷穗
总会有树根、野草，甚至是观音土
来填饱干瘪的肚皮

薄田，灾年。我的祖母
一个小脚女人，一个旧地主的小幺女
生硬地从地皮里搜刮到
发霉的花生、变质的甘薯、生了芽的玉米
以及它们的叶子、根须
都磨碎了，变成干粮

感谢这片大地，灾难深重
却不卑不亢，有尊严地养活了我们
岁岁年年，大地如菩萨

不冤枉一个好人，不嫉妒一个富人，不落下一个穷人

哪怕洪水泛滥，赤地千里
在大地深处，也有一颗公正、仁慈的心
审判着落日，疼爱着世人

选自《诗选刊》2024年第11期

# 从北纬30度出发

/ 陈安辉

现在　请允许我缩小，再缩小
以一只小蚂蚁的身躯
从北纬30度的地图上启程

我将远行
将成为月光下移动的一个影子
彼时星星将目睹
逶迤前行的蛇行阵列

大地上闪烁虚虚实实的飞萤流火
不必好奇
共人间烟火明明灭灭　欢颜和消寂

选自《检察日报》2024年12月15日

# 夜雨修书

/ 陈　超

今夜细雨如织
我正好给你复信
你知道我不大复信
尤其是在夏天

可是今晚雨丝缠绵
窗外响着好听的声音
我要给你复信
我要把心思抻得很长很长
有一些隐情
是要在下雨的时候才萌芽的
想象你后天读我信的样子
我就温柔起来了　朋友
我要写上我的歉疚
我的过失
被我伤害过的心灵
在落雨的时候听我忏悔听得深沉

还有你
习惯在下雨的时候出门
你要回到家
听一只蛐蛐对你倾诉衷肠

在下雨的时候
我性格中暴戾的芒刺被浸得柔软
我感到僵硬的身子恢复了体温
请原谅我的过失
要痛骂我就在雨天来吧

选自微信公众号"读首诗再睡觉" 2024 年 12 月 7 日

# 前男友

/陈陈相因

梦见本人的头婚，
前男友们到场，有说有笑。
实现这张圆桌，骑士们会发觉
自己经过精心挑选。
天文，地理，对暗号一样。
恋爱的快乐，
来自爱上我曾仔细研究过的，
他某位素未谋面的兄弟。

如此的有趣梦，
说明我是因掏心掏肺而没心没肺的女人。
受害者职业、年龄、身高各不相同，
高考成绩天差地别。
她不似丘比特，
她是爱的神农尝百草，挽着压寨的
新丈夫，邪恶地和诸位前人宣布，
下一任情人，未必懂中文！

在他鼾声如雷的时候，
我是冷静的法医，嫌恶地看着熟睡的虎躯。


忆及前男友，想报复，想超越，
牙痒痒的同时，想把他们想到暴毙，
结局是光脚站在卧室的凉地板，
像梦醒的仙度瑞拉。
我快忘了每次分手的具体原因，
关掉偶像剧，合上言情小说后，
幽暗时代只剩下歇斯底里的家庭，
背负不高、不富、不帅命运的人。


年轻的灰王子在工厂，格子间，
贫穷到只剩下一颗真心。
太残忍！谁叫我是专业掸灰的灰姑娘，
我要循着光彩长大，而不惹尘埃。
Jimmy Choo 水晶鞋？丢了就丢了，
干脆借机买双新的。
十二点来临，亲自开飞机
穿过日界线重过旧的一天。
如若我做过公主梦，往后
只会为留在好梦里奋斗。
努力继承女王位，
我的决绝让灰王子单身。


公主会和灰王子跳舞吗？
为何非要一只鞋才能相爱？
被斯堪的纳维亚童话养大，
却幸存在成语故事的郑人，
手握形而上的爱人标准，

在真爱商店，滔滔着幻觉。
谁试穿爱，就收获实在的疼痛！
从不是量身定做，
鞋，只是一只虚构的鞋。
柏拉图的理式说，买履最后如捞月，
一千双鞋无法抵达梦中靴。

或许，我们该珍惜真正的鞋，
接受它的不完美，它的磨损，
直到坦然接受鞋的鼓励：
爱，非进非退，更像驻足，
停下来，感受内心一次次颤动。
总要回到无鞋的人界，
赤裸埋进孤独的窒碍，
省略爱，坚定投入飘摇的自身。

选自微信公众号"CORNER广莫之野"2024年4月1日

# 芥末须弥：寄胡亮

/陈先发

五十多了，更渴望在自己划定的禁地写作
于芥子硬壳之中，看须弥山的不可穷尽
让每天的生活越来越具体、琐碎、清晰
鸟儿在枯草丛中，也像在我随心所欲
写下的字、词、句、篇的丛林中散步……
我活在它脚印之中，不在这脚印之外
寒来暑往，鸟儿掉下羽毛又长出羽毛
窗外光线崩散，弥漫着静谧、莫名的旋律
我住在这缄默之中，不再看向这缄默之外
想说的话越来越少了，有时只剩下几个字
朝霞晚霞，一字之别
虚空碧空，裸眼可见
随身边物起舞吧，哪里有什么顿悟渐悟
一切敞开着，无一物能将自我藏匿起来
赤膊赤脚，水阔风凉
枫叶蕉叶，触目即逝
读读看，这几个字的区别在哪里

芥末须弥，这既离且合的玄妙裂隙在哪里
我被激荡着，充满着，又分明一直是空心的

选自《广州文艺》2024 年第 11 期

# 密　林

/陈　亮

我会经常试着模仿那些鸟儿的叫声
"嘟嘟嘟——咕哚——咕咕姑——
可恶可恶——嘎嘎——啾啾——"
久了，小屋周围经常会盘旋着一些鸟
它们也愿意将巢筑在我的周围

有一天我在劳作时，发现了一只
以前没见过的鸟，它的叫声与众不同
我习惯地模仿着它的声音
正当扬扬得意的时候
它突然飞走了，我赶紧跟着它
想先看看它在哪儿安家

一路若即若离地尾随后，进入一片密林
里面密密麻麻高低起伏的
竟全是这种声音，我爬上一棵树
继续模仿着它们的声音，希望会得到认同

鸟声却戛然停了下来
似乎所有的鸟儿同时在观看
我一个人的表演，当表演结束
收获却是一头灰白的鸟屎——

当我第二天再进入这片密林的时候
林子是空的，仿佛昨天的遇见是个幻觉

选自《雨花》2024年第7期

# 公园即景

/陈维一

景山公园里，一群麻雀
突然聚在一起
它们低下头，尾巴对着广袤天空
这是麻雀接受游人投喂的固定姿态
样子那么温驯，滑稽
仿佛在回应来自上方的恩宠

麻雀朝一旁跳几下
然后展开翅膀
只留下一阵风吹过吃剩的残渣
这一幕让我感叹
它们是如何切换到另一副面孔
毫无惭愧地飞翔在浮世上

选自《诗刊》2024年第4期

# 山中慢

/陈小素

一别几年，闻得你仍披满尘世的硝烟
日日不得消停

而我将身安在山里已经好久
看闲花落地，听雨声奔走在檐上

但这不等于你心怀的欲念我都已放下
也不等于你独酌时的闲愁我真的已经消解

廊前鸟飞，屋后草枯
我在这里，不是要归隐，也不是

要为行将消失的家园立碑
为那些草木写志

万物归属，皆如尘埃落地
却不是那些过去的都可以回来

我在这里，只是想远离人群
像那只杜鹃一样

在夜半时，听一听自己的哀鸣月亮

选自微信公众号"读首诗再睡觉"2024年4月18日

# 问　海

/ 陈小虾

浅蓝色的早晨
我们在半舍民宿的草地上
问海，海水不停咀嚼我们的提问
并在一个月后的海滩上
送来十三只空手套

雪维洞穴里原始人的手印
霞浦沙滩上的十三只空手套

从手到手套，从山洞到摩天大厦，从野果子到饕餮盛宴……
万年时光，带来物质的丰盛与斑斓
而心又能走多远？
我们徘徊在迷茫的海岸
一次次向海发出疑问
海潮一匹匹复活，藏有答案

选自《诗刊》2024年第3期

# 跟野花谈孤独

/ 川　美

我孤独，就来林中
看树木和小鸟
还有你们，美丽、自在
而短暂的
小野花
——我不想告诉你们
无聊的长久多无奈
——也不抱怨，烦恼
这生命树上的槲寄生
我只靠近你们，谦恭地
蹲一会儿，心愿已达成
我孤独，就去集市
买点青菜和水果
顺便听听卖豆腐的小贩
谈论点卤水的技艺和乐趣
我孤独，但我不再拜访
仰慕的——

诗人或艺术家
我不敢面对
比月亮更高的孤独
也不信，孤独能为孤独止渴
我孤独，就去广场散步
但是，很遗憾
时至今日，从未遇到
一个孔子或半个苏格拉底

选自微信公众号"幸存者诗刊"2024年第3期《幸存者·大方》

# 白鹭岛

/窗 户

从未见过那么多白鹭
常年停落在无人涉足的岛上
一道道飞舞的白光，突然聚集又突然扩散
每次远远望着
它们。从时光深处飞出
不停打捞着我们美好、逝去的记忆

选自微信公众号"诗刊社"2024 年 10 月 19 日

# 星　辰

/崔　也

比江湖更远的是星辰
比庙堂更高的是星辰
比沉默更混沌的是星辰
比失语更浩渺的是星辰

只有星辰的高远
不宜用高高在上来形容
只有星辰的高远
足以让人忘却所遭遇的高高在上
只有星辰的高远是抬头可见的美好
只有星辰的高远是所有人
都要抬头才可见的美好

更高的天空
更干净地抹平地上的坎坷
更闪耀的星辰
更果断地牵引如火如荼的心眼

满天的星辰如此高远

满天的星辰不得不如此高远

选自《检察日报》2024 年 12 月 15 日

# 缓慢的阅读

/大　解

阳光穿过玻璃有细微的声响，
窗子透出了波纹。
而贴在墙上的光并不牢固，
正在一点点滑落，
汪在地板上，现出往事的倒影。
回忆使人困倦，回忆录更是。
书卷躺在桌子上，我翻开几页，
终因慵懒而停止了阅读。
沉思更安静。
我深陷在自己的往事里。
直到阳光披在我身上，
书卷忽然反光，
我知道该起身了，
我要做点什么。
时间在钟表里一直在转圈，
我不急，但也不能过于缓慢。

选自《福建文学》2024年第12期

# 回头箭

/ 戴潍娜

第一次，我飞得这么高
像撒出去的鹤
白翅掠过宫檐和金色瓦盖
不知是风在背后使劲推我
还是我使出了全力

擦肩是那样快
快到心都掉出来了
或许，我是一支回头箭
由那莫名的操控者
从过去射出
现在，梦里，它反射回来
——直捣命运

三十岁前我从未在梦中飞行
如今却频繁练习"飞翔术"
命运终于开始了它的热身

城市轻轨贪吃蛇般轰隆隆从天空半腰窜去

一些窗口这时点亮，

另一些被黑暗吞吃

每个人使用自己的运气

维持了光明的平衡；

可如果，

你不想做一枚傀儡之箭

你想做一支回头箭

射回那看不见的手

谁又会颤抖？

选自《诗刊》2024年第3期

# 夜　里

/灯　灯

流水的琴弦，再弹
都觉得不配

湖水闪动的傲骨，再看
都觉得有愧

一直到月亮穿过丛林。所有的词关闭五官。
一直到万籁俱寂。书页如同树叶

和我同时抵达书桌。和我同时按住
呼啸的人世声

……新的静默显现。

选自《星星（诗刊）》2024年第5期

# 上元夜

/ 东　篱

临睡前，我往窗外看了看
月亮，像一粒煮熟的汤圆
孤悬于空旷的星河
我不担心它会掉下来
也不会为它将来的破损
而遗憾
清辉像天河水般泻下来
城市的骨架愈加分明
地上的白雪越发刺眼
更加刺眼的是
一条扭曲的铁链
它在千里之外
拴在一个母亲的脖颈上
也拴住了无数像我一样
此刻正仰望星空人的心
当月光侵占半边床时
我的女人微鼾渐起

一阵一阵的波浪
呼应着水一样的摇篮
但今夜，我耻于谈论团圆
耻于说女人自由的睡眠
和安稳的梦境

选自《雨花》2024年第9期

# 松　烟

/ 段若兮

把车停在山腰，我被一片松林所吸引
此时有清风，松烟四起，白月浮蓝

……这烟雾一样的蓝沐临于我
我感到那些在白昼消失的词语
正在向我聚拢过来

选自《广州文艺》2024年第8期

# 挽　歌

/朵　而

被惊到

一头受伤的鹿从书里跳出来

我正在跟情节较劲，抚慰悲伤的主人

但模糊的结局，连累读者

甚至跌宕构成的长句，也失去魔力

我害怕它们叠加，成为

又一个桎梏。

这跟走进密林，分不清落叶、蝉壳

是同理。

每棵树，藏着附加题

获取百种解法，最后只剩下一张肖像

丧失语言，忍住悲伤的

是蝉的父母、姐妹。

有时我想换个场景，让一切

看上去更好些，比如

在一棵果树下绘画，翠鸟夫妇

留下的一窝幼鸟，正把绿色

衔进毛茸茸的家。

（选自《诗刊》2024 年第 12 期）

选自《诗刊》2024 年第 12 期

# 间飞行

/ 非　亚


身体在小区的环形路上绕弯。灵魂如同夜鸟
在树顶之间飞行

脚步在落叶和水泥地上不停迈动。鸟群则展开翅膀
滑翔在暗淡的云朵之下

不远处的过江大桥，电摩托如狂风一样飞驰而过
步行过江的人，在桥面上
停留了一会儿

残缺的月亮，犹如女皇的花冠
明暗交杂的纹理，是荒凉的陨石坑
和起伏的环形山

看不见的星群，隐藏在无穷遥远的穹宇
疲惫的灵魂，待在狭小的冲凉房

我在黑暗的树丛之间漫步，给远在武汉的朋友电话

心是另一枚沧桑的月亮，时间如同一支

急行军的部队


正穿过甘蔗地和喀斯特地貌的原野

选自《长江文艺》2024年第6期

# 灭蚊记

/ 甫跃成

毫无疑问，这是意义非凡的一握。
他向空中捞了一把，
死死攥住，确保捏死了那只蚊子。

这些天来，那只蚊子
总在他耳边飞来飞去。在黑暗中。
在寂静里。在他解除了所有武装的当口。
它肯定是故意的。它从来不在
他埋头工作的时候来，也不在他
跟朋友喝酒聊天的时候来。
打蛇打七寸，它深知他的薄弱环节，
瞅准了，就痛下狠手，从他刚爬上床
就围住他，一直到他再次逃进人群之中。

这下好了。那只蚊子
终于栽在他的手心。胜负已定，
一切都将到此结束，一切都将重新开始。

出于谨慎，他又反复攥了几把，
仿佛书里说的，扼住了命运的咽喉。
起身，开灯，不无激动地
摊开手掌，他只看见一片空无。

选自《四川文学》2024年第1期

# 重　量

/伽　蓝

抱着箱子的时刻很轻
像抱着一箱白云
打开，整个房间
充满了清气
堆满杂物的工作室
焕然如新

——箱子空了。
这运送心灵的
素朴的车辇
到达眼睛的中转站
圣物，一件一件
摆上栗色的桌面。

沉默在沉默的名字里
组织，神秘的乐曲
在语言的乐器中磨砺

那些铜，竹和骨
独立又精湛的演奏
找回了热情的秩序。

烈日炙心，或者
山根下着微雨
一场疾病带来厄运
或者……这些……
增加着心灵负荷
改变着原子的结构

一颗死去的星体
发出的光芒
对照这短暂的一生
也是永恒的造物
一粒尘土可以埋我
一粒尘土也能

将世界淹没。而此刻
双手翻动语言
如抚摸智者的方碑
在梦中捕获丰富的现实
那超脱具体的抽象
那称量抽象的实体

抱着箱子的时刻很轻
但内里的神圣
无法估量！两座山
七座大海，一个银河系
比它更轻，为何

步履却这样轻盈？

像孩子得到心仪的奖赏
狂喜减轻了等待的漫长
我在古老的树林边
徘徊，一点儿也不着急
虽然下午的天光暗了
黄昏将至，暮色
就要升上来。

选自《诗歌月刊》2024 年第 9 期

# 我有深情

/谷　禾

我有深情：爱自己——
我有深情：更爱你们——

天上飞过的鸟，水中游动的鱼。
漫卷的西风落叶，草丛中偷生的虫豸。
人类最后的苹果，在不同的手上传递。

我有深情——还骨头给泥土，
还闪电给天空。

还第一声啼哭，给结满蛛网的子宫……

选自微信公众号"一见之地"2024年2月19日

# 母　亲

/何向阳

那一夜我们围坐一起
有人提议讲讲我们的母亲

一人沉吟：我是用土豆养大的
母亲捡拾的半筐土豆
日以继日，我长成今天
而她的今天却和土豆埋在了一起

一人平静地诉说老房子的故事
窗棂的木框已经变形
四壁的白，简易的桌椅
沙发上坐着的母亲手里拿着一只苹果
脸庞苹果一样的光泽跟随了她多年

一人沙哑地开始，拿出一帧照片
"母亲留给我的，我无从一见的外公"
那天是他的忌日，她指着上面清俊的男子：

"这是你的外公，也许你应记住他"
"为了你今天的日子，他最爱的女儿曾经将他背叛"

一人始终不语，沉默的她想起童年
趴在窗台等候母亲身影的出现
她担心母亲某天会从街角突然消失
恐惧与祈祷交叠，她慢慢变成了一个孩子的母亲

那一夜我们坐在炉边，静守火焰
母亲也许来过，也许刚刚从我们对面起身

选自《思南文学选刊》2024年第4期

# 种猪走在乡间的路上

/侯 马

阳光
这一杯淡糖水
洒在冬日的原野
种猪走在乡间的路上

它去另一个村庄
忙
种猪远近闻名
子孙遍布三乡

这乡间古老的职业
光荣属于种猪
羞辱属于种猪
而养猪人
爱看戏的汉子
腰里吊着钱袋
紧跟种猪的步伐

自认为与种猪有着默契
他把鞭子掖在身后
在得钱的时候
养猪人也得到了别的

一个人永难真正懂得
种猪的生活
养猪人又是欢喜
又是惶惑疑虑

这时一辆卡车
爬过乡间土路
种猪在它的油箱上
顺便吻了一下

选自微信公众号"新千家诗选"2024年1月23日

# 茶卡盐湖

/ 胡　澄

盐擦洗过镜子
顺手把天空也擦洗了
擦洗天空的白丝巾
晾在空中
蓝和白组成的寥廓
鸟在落霞中飞过
抬眼望时
我的眼也被擦洗了一下
低头照见鬓丝如盐
含垢的心多么愿意
浸在水中
使劲地擦洗
如一口陶罐，被擦得锃亮

选自《草堂》2024年第1期

# 制造宇宙

/胡　弦

每一对相爱的人，
都会制造一个新的宇宙。
然后，留下一个废墟。
我有时想给那里写一封信，
然后，我真的会听到
一个回声被看不见的天体送回，仿佛
遥远、未知的远方，有个人
能够代替我生活在那里。
而小镇在下雪，
爱，类似玻璃工艺，
炉膛里的语言是炽热的，
因炽热而一塌糊涂。
我在这里写信，
一个宇宙，时间的属性消失了。
信在桌子上，
桌子是个小型的机场。
——我似乎从未离开过那里，

每次抬头，仿佛仍然生活在
洇坏了的天花板下。
世界在外面下雪，想象中的人
雪花一样在室内走动。
所有宇宙都有自己的寿命，
急救车从不稳定的光线里驶过，
要去抢救一个坏了的宇宙。
而器皿是冰冷的艺术，
只有在冰冷中才能成形。
着急的人，会用咳嗽声代替话语，
再咳一声他就碎了。
现在，我在一个小镇上给你写信。
雪在下，小镇像消失了。
我听到过一声呼唤，然后，
另外有个人在人群里茫然回首——
——我和你太像了，
我该怎么处理那些
有人塞给我的关于你的事？
邮筒立在街边，
一封再也没有人拆开的信里，
藏着一场匿名的大雪。
早已学会了写信的人，
正从手上除下隔热手套。
晦暗的作坊里，
你曾随黄昏消失，又重现。
你凝视着光从中空的
玻璃泡里撤离，然后意识到
你真正需要的，可能是一只天文望远镜，
以之完成对空无远方的凝视。
奔跑，只要跑进大雪里，

就能出现在对方的回忆中，

追上正在远去的宇宙。

而玻璃一直在制造岩浆，

它如痴如醉，使窗外的大雪形同虚设。

而在小镇上，雪已停了，

一朵花已退回到一滴

透明、像不知道发生了什么事的词里。

桌子上栖息着一只玻璃蜻蜓，

它伸展着翅膀，完全不像

一架失事的小飞机。

如果它一直伸展着翅膀，

时间就形同虚设。

它像来自一个不存在的宇宙，而且，

只有它是完好无损的。

选自《钟山》2024 年第 5 期

# 白鸟浮屠，或杜甫躺在夏日海岬

/霍俊明

海峡的北海岸只有风声水声
蜗牛被机车碾碎的声音听不到了
一块巨大的焦黑色岩石袒露

夏日途中奔来的人面孔鳌黑
一个个瞬间被南山茂盛的植物覆盖
杜甫需要摄影术给他留念给他还魂

此刻岩石温热，如母亲早年的面额
海风一遍遍吹袭犹如世俗的低语
深蓝色的回响几乎同时贯穿左耳与右耳

一只白色水鸟静立在大海的一根漂木上
这仿佛是不轻不重的启示
白色的翅膀打开一道垂直的光

多像是海峡静止的浮屠

多像是杜甫留下的孤儿
多像海风吹拂的不只是它的毛羽

选自《江南诗》2024年第3期

# 结

/吉祥女巫

我又在笔直的绳子上
打结了，扭曲、旋绕、交叉、穿插
如此不堪的事
在我这里，做得得心应手

我可以说出
每个结扣的名字
那个稍微松弛一点的
叫柔肠寸断
那个半死不活的
叫心如刀绞
而那个最漂亮的死结
有一个和它一样漂亮的名字
叫作重蹈覆辙

我从不相信，有人可以
全部解开它们

选自微信公众号"新千家诗选"2024年3月23日

# 定式之外

/见　君

你用魔术变出来的水，
呛了我几口。

我悄悄泅渡到河对岸，
偷偷越过，
约定俗成的"边境"。

这时候，你用词语做的拐杖，
敲击着躺在地上，
假装睡觉的秘密。

一道道黑影，
从这个世界的眼前掠过。
一扇扇门，自动打开，
绝望，这该死的光，
你和我都拿起笔，在它的上面签名。

选自《诗刊》2024年第4期

# 针尖上

/ 江 非

许多人不知道，地球其实是立在一个针尖上
人们的脚，就踩在那个针尖上，无数的脚
到了夜晚熟睡时，才会产生深深的刺痛
但那时人们已经完全地睡着，人们
跳舞，也在踩着那个针尖，奔跑
也是，如果停下来，针就会深入骨髓
人们是在针尖上跳舞和奔跑
许多人死去了，是因为他们失去了那个针尖
针突然扎进了他们的心，然后融化
发出一缕灵魂一样的光。地球也是一样
有一天它坠落星空，也会只剩下一缕
灵魂一样的光
幸存下来的，只有一阵细微起伏的涟漪
和一个一个夜幕上无辜闪烁的针孔

选自《山花》2024年第9期

# 对毕达哥拉斯的献辞

/江 离

因为无限的少数人都曾追随，
晦明不定的星空的指引，
如同毕达哥拉斯，在他的窗口仰望。
一个无边黑暗中的孤寂旅人，这以后
所有世界的阅读者、巫师、智者、炼金术士，
各自穿过了丛林、黄昏的金色海岸，
历经地狱之苦——
不是为了在一头饥饿的狮子身上
复苏它统治土地的雄心，不是在沙漠之上
建立黄金的国度，
只为在星辰的沙盘上推演，
（在理智认知和未知神明的庇佑下）
我们自身和世界之中，那不可见的统一性。

选自《诗收获》2024 年夏之卷

# 河狸的水坝

/姜念光

脆弱而内向，所以是孤独的
疏于交际，所以孤独是完整的
物种之间的距离
其实没有那么大。所以
他能够去潮白河边，察看河狸
河狸在伏尔加河上，靠体重破冰
河狸在乌伦古河谷
用冰块当餐桌吃饭
而在伍德布法罗公园
河狸搬运木材、枝条和砂石
一条水坝，就这样
从他的观察中出现了。当然
首先是河狸的、事实的水坝
在每一条所在的河流中
是它的生活乐事，它的成就和难题
拥有水坝，所以精通水坝
所以孜孜不倦地构筑水坝

多么浅显确凿的真理

多么结实的身影出没在黎明的水中

他凝望，了不起的建筑师河狸

一身装备的施工队河狸

友好、温和的素食主义者河狸

把全部力量与犀利用来对付自己生存的事情

而一条修造完成的水坝

精密完好，自然又理想

几乎囊括了理工学院的所有知识

他注意到水坝已经在那儿

可以防止崩溃和危险了

一个新的湖泊积累和创造出来了

河狸的家，安放在水面之下

现在，他甚至想称呼河狸为河狸先生

他甚至想到古代

另一位独自饮酒赋诗的陶渊明

他反复把量着水坝，心中思忖

存在，也应该具有水坝那样的绝对的形体

在升起的月亮下

他沿着树林中的道路回家

仍然孤独，但是多了一些信任和肯定

他能够继续在有限的自我和事物中

运用语言，阻挡洪流中的痛苦与丧失


把更为深湛的沉默，留在这里

选自《万松浦》2024年第6期

# 表达欠佳

/金铃子

那些漆黑之夜，我们吆喝
祈雨、消灾、祭祀、丧礼、放炮仗
有时候，我们也一言不发
如同冬眠的蛇
在黑夜里。直到春天的到来
我们写诗赞美万物
黄花梨大床上浮雕的花鸟纹
用卷尺细量桃花的骨朵
我们赞美的方式，像极了一段深情
有时候笔力疲沓，表达欠佳
像用旧的口罩
被过滤、屏蔽、绝热、吸油
试图记录这几年的山水、人物
写出的却是气体、气味、飞沫

选自《星星（诗刊）》2024年第6期

# 我想一天有一百个小时

/康　雪

我需要时间
天空那么无限，海那么深邃
我需要抚平衣服上的每一道褶皱
捻掉短袜上的毛球
搬开椅子拖地

我还需要剪下葡萄，一颗一颗
冲洗干净
我需要教女儿系蝴蝶结
有时也逗邻居家的婴儿
咯咯咯地笑

我需要走很远的路，去菜市场买
二两紫苏
我需要把时间
浪费在蒸鱼这样的小事上
当我渴望生活的细节把我夺回来。

选自《十月》2024年第5期

# 秋天的列车

/蓝 蓝

秋天的列车在半夜
准时通过。它载走
候鸟、树叶和黄昏时
常到河边打草的老汉。
岸边光秃秃的树、羊圈的
土墙和我　不走
留在风中
抱紧各自的孤独
星星看上去不太远，像铁轨旁
一闪而过的小蓝灯
它们默不作声
守着生命撤走后的寂静

我不清楚秋天过后的一切
是不是都沉为忠实的矿脉
也许　我曾经和草丛中的萤火虫
一同被捉走？

75

是不是我冒犯了万物的法则
偷偷躲过搜索者的眼睛
在佯装的熟睡里　或者
在戛然停住的亲吻中？

是不是那场庄严的告别里根本
没有我
没有我想到的花开花落
而仅仅是从一只鸟里又飞出
另一只鸟
轻轻拍远了翅膀　不让任何人
看到

选自微信公众号"诗刊社"2024年9月27日

# 流星雨

/ 蓝　野

一对青年男女抬着一张单人床

热气蒸腾的柏油马路上，他们抬着单人床
人来人往的大街上，他们抬着单人床
喧嚷的北京城里，他们抬着单人床
暴烈的太阳下，他们抬着单人床

他们抬着单人床，床上有一个脸盆
他们抬着单人床，床上有两个背包
他们抬着单人床，床上有两双鞋子
他们抬着单人床，他们抬着铁架子单人床

异乡的楼宇间，搬家的人抬着单人床
他们从我身旁走过，仿佛整个燥热的夏天被抬走了

他们从我身旁走过，我听到他们笑着说
昨夜的流星雨真是太美了

选自《十月》2024年第4期

# 啤酒厂

/老 四

啤酒厂生产记忆。

暴雨的上午，旁边的银麦河灌满天下大水

这些年喝掉的每一瓶啤酒都是

这条河与他的胃之间的一份协议

透过玻璃的居高临下

车间里的啤酒在机器上独自跳舞

十六岁少年也曾走过这条走廊

在参观的队列中认知小麦和大米发酵的旅程

二十多年后，他又一次走进

啤酒厂而心生愧疚

在彼此的视而不见中，酒厂已换了主人

他的身体也换成了中年之境

但空间是一致的，过去新上的设备

已经老化，更新的设备占据视线的旅程

十六岁少年和他并行在参观的队列里

偶尔打声招呼，继而一言不发

一个女工守着传送带和一台

给她带来清凉的风扇

将不合格的酒瓶砸到一旁的大桶内

砸酒瓶的姿势贯穿于每天的惯性中

也贯穿于对愤怒和平和的释放

他试图找到那个运送啤酒的伙伴

他们一次次聊到啤酒厂，在喝啤酒的时候

他们从童年直到持续发生的此刻

那个汶河边最敬业的羊倌也是

啤酒厂里分辨液体优劣的判官

而口罩和玻璃让他们之间产生距离

无从分辨，一次莫须有的偶遇就此消散

还有吹瓶大赛上获得冠军的一个女人

八分钟让一瓶啤酒分解

是车间里最勤恳的旅行者

他遇见了他们，他失去了他们

在时间深处，他走出车间

在雨水的浇灌下走向啤酒之外的世界

一座高山挡在前方，以前他爬到山顶

钻进仙人洞，站在洞口俯瞰啤酒厂

运酒的卡车出了厂门

去往他曾抵达的每一个城市

他以这家酒厂的啤酒保持故乡的含义

嘴唇和啤酒的接触意味深长

当他真的离开，钻进一辆雨中的车

奔跑在高速公路上

汽车击打雨滴，对抗直到冲出雨的束缚

前方太阳携带蓝天相迎

后方的大雨形成一张大网

等他某次归来，等他永远归来

选自微信公众号"诗档案"2024年7月8日

# 小学校

/雷平阳

去年的时候它已是废墟。我从那儿经过
闻到了一股呛人的气味。那是夏天
断墙上长满了紫云英；破损的一个个
窗户上，有鸟粪，也有轻风在吹着
雨痕斑斑的描红纸。有几根断梁
倾靠着，朝天的端口长出了黑木耳
仿佛孩子们欢笑声的结晶……也算是奇迹吧
我画的一个板报还在，三十年了
抄录的文字中，还弥漫着火药的气息
而非童心！也许，我真是我小小的敌人
一直潜伏下来，直到今日。不过
我并不想责怪那些引领过我的思想
都是废墟了，用不着落井下石……

选自微信公众号"诗眼睛"2024年7月14日

# 寒冷中，我们有制香术

我们的母亲从可可托海镇回来了
带回制香术

背风的地窝子里，没有结冰
我们有蓝色的掐掐花草籽。"寒冷的彩虹
在天空被冻成玉。"

我们看着。但我们
没有食物

我们的母亲在帐篷外垒土灶
变戏法一样：烧羊粪，烧枯树枝，烤土豆

"住在那边的人，都会一种含着异香的语言。
但你们闭眼深呼吸"——
我们听到风干牛肉的香味

雪一直没来
干粉的香味一直没被冲散

选自《诗刊》2024 年第 9 期

# 致阿多尼斯

/李　磊

我之所以露出哀伤的眼神，是太阳的光芒

逃向大海的深处，恶魔般的海啸吞没了温暖

高山不再耸立、树林里传来的不再是知更鸟的叫声

"在明天，蓝色的光会照亮我的小阁楼"

我甩开疲惫、卸下面具，在太阳升起之前

在神灵散开之前，逃离

逃离布满腐烂衣衫的城市

哭泣、抽打，可能只有这样

才是"淋漓"，才会摧毁没有重量的肉身

潜逃、纵火，或许只有这样

才是"纯粹"，才会燃烧已经沉沦的思想

我用语言和格式，罗列爱情和苦难

选自微信公众号"天天诗历" 2024 年 3 月 4 日

# 在高铁之上看见群山奔赴

/李木马

高铁驶入云南
呆望窗外，慢慢发现了
群山的倾向性
马群，或一队义士
向前，一致倾斜着身子

先前，一直认为坚定不移的群山
是岿然不动的
忽然看见它们奔赴的状态
我靠紧车窗，有些激动
是的，如果说天空
在以湛蓝的大脑思考

如果说白云静止
群山的奔赴更容易被确认
我忽然意识到
奔赴的群山

一定怀着自己的目的或使命

起身，接杯水
踱步到车门处
奔赴的群山让我再也坐不住了
因为我的心中已经有了一些
像它们那样奔赴的想法

选自"人民铁道网"2024年6月

# 喜鹊的提示

/李 琦

我喜欢这座公园的原因之一
就是这里地处偏远
树木繁茂，方圆辽阔
到处能看到成群的喜鹊

聪明的精灵，衣着庄重得体
它们的家高高在上
宅邸安稳，视野开阔
喜鹊的日子从容而舒展

此刻，它们就在我身边
低飞，盘旋，神态相当放松
有的干脆就在草地上
舞者一样，碎步前行

鸟类之中，它们已算是
与人类较为亲密的族群

但基因、本能、记忆与经验
依旧让它们心怀警惕
眼看触手可及
瞬间，就机敏地飞离

智慧之鸟，恪守原则和分寸
样貌天真，却冷静、老道
不肯有任何疏忽和闪失
喜鹊的法则，同样适合烟尘人世
对于某些人或者事物
一生都要保有足够的距离

选自《诗刊》2024 年第 1 期

# 影　子

/李　槟

在这里，草木谦卑而盛大
它们看似手足无措又秩序井然地
把边地留给影子。影子
也需要呼吸和露出，同样谦卑。
当春风得意的时候，没有马蹄。

草木俯身，弯腰听取大地的箴言
影子越来越茂盛，疯狂。
马唐、玉蝉、碎米荠和刺果毛茛
以季风和雨水为食，
即便云朵、飞鸟、荻芦和鼠妇
也能领取到自己影子的属地。
远处山顶的白雪是唯一
没有影子的守望者。从侧面看
凸起的岩石像护林人的背影。

群山是风的影子，风是山谷的影子

白雪融化得到岩石的默许。
"而伤感和经由它抵牾的孤独
告诫我要活成一棵槭树的影子。"

选自微信公众号"诗刊社"2024年11月2日

# 我与铁的相遇

/ 李轻松

那年，我意外地遇到了铁，遇到我的底色
我被炉火烧得最旺的时刻，有些恍惚
那呼啸的爱在铁锤上迸溅
我带着一颗淬火的心，慢慢地靠近你
每经过十年，我就重新打一遍铁
重新打造一次我的灵魂
让我卸下盔甲，露出温柔的眼神
我相信铁的成色，或生或熟
我都匹配了最强的肌肉、关节、筋骨
铁就像一股激流，一旦被唤醒
就奔流、决堤，我只要那恣意！
此刻我身体布满狂欢的铁
铁与身体、铁与灵魂、铁与铁
它们互为知己与敌手，互为琴瑟与倒影
就像我精神的遗址，非遗的技艺
穿透文明的第一道曙光，与你相遇

选自《当代·诗歌》2024年第5期

# 西山暮色

/李少君

久居西山，心底渐有风云
傍晚我们要下山时，他还不肯走
说要守住这一山暮色

他端坐寺庙前，仿佛一个守庙人
他黝黑朴实的面孔，也适宜这一角色
他目送我们，也目送一个清静时代的远去

我走了一段回头去看
他脸色肃穆，和苍茫的山色融为了一体
他仿佛暮色里的一个影子
隐入万物之中……

选自微信公众号"诗眼睛"2024 年 12 月 18 日

# 奔放之地

/李　铣

杯盏碰着杯盏，病裹着病
酒是疼痛的良药
连同欲望和尊严，开赴
佳肴汇集的奔放之地

粮食的灵魂，有酱香、浓香与兼香
精气神，方便解决内外的问题
骨头缝隙间，忧郁流淌并变清澈
有时某些缺钙，不觉化为无形

今晚定做美梦，墙上油画的人物走下来
无形也有形。病已好转啦
像一个怀揣道理，暗藏丈八蛇矛的人
翻身，一跃而起

选自"川观新闻客户端"2024年11月26日

# 有 你

有你，不爱这个世界就是罪过
尽管爱情也弥补不了世界的残缺

期待中等来一件要命的东西
那么多无聊的日子原来都是铺垫

你来了，这躲不开的相遇
并不等同快乐，我已尽尝折磨

还能思念，还有痛感
——我还活着！这就是幸福

尚未与你见面，也许永远
都不会，而事件已经发生

选自《新诗选》2024年第4辑

# 伤心凉粉

/ 梁 平

客家的伤心凉粉，在洛带，
一瓢湖广填四川遗留的泪，与豌豆磨成浆，
均匀搅拌、混凝，拉扯成愁肠。

寸断为宜，必须泥土烧制的土碗匹配。
足够的海椒、花椒，足够的麻辣，
所有铁石心肠模糊了泪眼，
唏嘘一片。

伤心是真的。咫尺或者天涯的遗憾，
或者愿景旁落或者现实走样，
鸡毛蒜皮如针刺，有痛感，
就有伤心的时候。

一碗凉粉褪下了天衣无缝的掩盖，
泪流满面的样子楚楚动人，
难怪伤心总是难免的。

从来没有伤心过的人，一定要来，
把自己打回原形。伤心凉粉伤过的心，
心柔软了，满腹桃花被引用。

选自《人民文学》2024年第10期

# 灰椋鸟

/梁小兰

确与人生相似。在飞行的路途
风暴或雨雪都曾追击我
多数时是欢乐的
在荒原，在浅滩，在石缝，我捡拾着命运
生命的序曲永远是春暖花开，而
旅途是否充满跌宕情节
全赖一片羽毛发出怎样的光芒

每一次孕育都接近完美，巢穴
承接了某种隐私，我承认
我有对季节的过分依恋
严肃的事情是猎手飞来或如何躲避天敌
我始终告诫自己
不可飞到悬崖之上，不可
轻受异物诱惑
还是对生活有着轻度的恐惧
像某人站在风浪上垂钓大海里的鱼

在命运的长河中，我有被定义的旅程
仿佛
一件道具飞翔在天空中

选自《诗歌月刊》2024 年第 1 期

# 在动车站

/林典铂

她一把一把抓着炒花生
往嘴里塞
又用油腻腻的手
剥橘子

嫌弃她脏
我低声而严厉地呵斥

她是我，又老又病
的母亲

她一脸无辜
像个孩子

而我宁愿，她从背后
抽出一根竹子
冲着我身上猛打一阵

我痛得哭出来
当着所有人的面，哭喊："不敢了。"

儿子向母亲求饶
是多么幸福的事

选自微信公众号"一见之地" 2024 年 3 月 17 日

# 万物向上

/林　莉

山楂何时变甜，灰喜鹊飞来就会知道
麦田葱茏，每一寸芒，一再向上
我从其中匆匆走过，也时常久坐遐想
比河流自由，比钢铁厂沸腾
比错过和破碎，更具修复性
世间的好，由灰喜鹊和麦田决定

爱原野浪漫，爱琐碎的庸常
对面钢铁厂生产出铁质的活法
沉默的工人们，劈开命运的碎矿石
比自由丰盈，比沸腾热烈
生命闪着光，万物拔节

至于那不堪说出的，就赠以满坡鲜花
比麦田朴实，比火红的铁流柔软
我一步一步走着，万物生长
像心藏锦绣，像深爱和悔恨

选自《人民文学》2024 年第 3 期

# 2022夏末十四行·宿命

/林　莽

我的现状和以往都是我的宿命
镜子里的头发白了，它们顺应了时光
在某些命运的节点上　人生
必然的选择，构成了后来的历程

少年懵懂的往事中隐含着许多预兆
不要试图破译生命的密码
好奇或强求或许会让歧路加身
我们用心所为，做好自己的事情

字里行间时常会有一些人或事物闪现
它们藏于心底　一定有着不被遗忘的缘由
秋风再临时，骤起的忧伤突然令人泪目

抬头看向云朵飘移的长空
没有少年的雁阵，也没有了青春的踟蹰
后来者的脚步超越了我，正匆匆地前行

选自微信公众号"小众雅集"2024年2月23日

# 白　露

/ 林　珊

还是会有蝉鸣，在歌声里起伏
还是会有花香，在寂静中落下
这一日，我独自走在旷野
紧跟在我身后的，是小狗、夕阳
和马尾松的枯枝
我们眼神黯淡，互不言语
我们肩披曙色，互不打探彼此的身世

如果此时，你忍不住想迎风落泪
请不要忘记，秋风凉，白露降
万物都有欲言又止的悲伤

选自微信公众号"北极星诗选读"2024年10月13日

# 长江赋

/ 刘　川

好多读者认为我的口语诗
是天天在写
流水账
其实，我也愿意
让自己成为一个
不断记录流水的账房先生
比如此刻
面对着长江
这个巨大的
账本

选自微信公众号"小森的花园" 2024 年 12 月 12 日

# 大海回忆录

/刘　春

如果可能，我想重走旧路
从舒坦返回奔涌，从风平浪静
返回激流澎湃。如同心如死灰的人
重新点燃愤怒之火，如同汉字
捡起散落八方的偏旁，然后
沿江河逆行，返回它们的支流
看湍急与湍急内卷，拧成白龙
陪山泉绕石而上，绝尘而去
或者掠过峭壁，一飞冲天
当水道越收越窄，无路可退
冰凌在高处将落未落
任何一滴，都是自己的前生

选自《诗选刊》2024年第1期

# 青海辞

/刘 年

一生中最美的我，遇上了最美的青海

我有体力、激情、坚定的方向和崭新的摩托车

青海有燕麦、菜花和刚洗过的天空

青海的路和我的方向，完全一致

我随着青海大地起伏盘旋

晚上九点了，我还舍不得投宿，青海的夕阳还舍不得落下

选自微信公众号"诗眼睛"2024年8月25日

# 刀

/刘　汀

坐地铁过安检
安检员喊住我
"先生，您的包里
有一把小刀。"
他边说边比画
"这么长的小刀。"
仿佛他正握着它
小心地躲避着锋刃
"不，我没有刀。"
"就在您的包里
中间的部分
一把小刀
这么长的小刀。"
那一瞬间
我觉得自己
可能真带着一把刀
他找来置物盒

让我把所有物品
都倒出来：
只有一本书
和雨伞、杂物
我拿起书
哗啦啦翻开
好让他们看看
什么都没有
"抱歉，是我们看错了。"
"哦，我可以走了吧？"
"是的，祝您愉快。"
我火速离开
生怕他们看见
那本讲命运的书里
有几百上千个
明晃晃的
"刀"字

选自《四川文学》2024年第7期

# 池澳山上观海

/ 刘伟雄

眼里的海　有点白
许是白云投影太多
每条船都像穿行在云上
突突的机器轰鸣声
远远传来像播向寰宇的福音
几棵桉树高高地站在岸上
呼啦啦的风吹着摇摆的叶子
翻来翻去　他们是要显示什么密码
联系着这个山海之间的默契
从池澳的山上观海
可以看到　远处的岛屿像泅游的巨鲸
那些海带织就的田畴一直蔓延到远方
远方就是太平洋了吧
我脚下的一丛野草正冒着新绿
在这片春天的山坡上
它每一天都可以远眺到
遥远的太平洋

选自《福建日报》2024 年 11 月 1 日

# 83号公路

/ 瑠　歌

白雾缭绕
一池水
变成茫茫大海

加油站里
播放着乡村爵士
腼腆的店员
一个来自郊区的胖男孩
哦，这就是五十年代

走出门
天深了
卡车驶过
世界的尽头

选自《诗潮》2020年第4期

# 量子纠缠

/柳宗宣

对一张照片的观察，牵涉到另一幅：
它们形构的互文；不同时空中男女
留存的瞬时影像：背后的故事隐退，
投映于面相的两个人，出现即消逝——
碰巧的杰作。两只海鸥出现在他们的头顶，
白翅对称着打开，也定格在那一刻，
或从早年刻骨的记忆，飞入镜头：
建构了景深（照片不再平面）
不可复现的灵光，迎向灵光
消逝的年代。海水在他们的背影中
翻卷着隐喻，阳光炽热照临下
面容的高原色，仿佛土著，
趋向相似的，稍微隆起的颧骨；
他们的表情——构成内模仿。
笼罩她身体的黑色风衣，比衬
他的灰上衣，甄别挑选过的服饰：
倾向低抑色调，吻合他们的审美。

"这就是意义，至今她爱穿黑衣，
他对她的建议——产生了作用。"
站姿自然独立，又隐约依恃，
浑然于绿水远山。一丝苦涩感
为若有似无的笑容所覆盖；
年龄的差距为流逝的时间所弱化。
另一张照片中，他们亲密地偎依
远景的玉龙雪山，呼应洁白上衣托衬的
少女的脸蛋；永不褪去的圣洁纯粹，
雪山吸引着他们：这一刻站了出来
延伸向他们——洱海边变化的容颜
内在的依恋，从他们的目光透泄——
云杉雪山渲染在他们的眼神的蜜意；
如得所愿的投契或怜惜；右手
顺搭在她肩头的柔软的安宁；
另一双手，自然呈现交叠状。
两人的头部，身不由己地相靠：
得之不易的，空邈世上的相爱，
从清晰度减弱的画面透显无遗。
——他们在海边变老，却沉静耐看，
亲人家族的相似，貌合而神凝。
两张照片：叙说内部的磁场感应；
原本不会相遇的，两个宇宙的尘粒
这些年进行的量子纠缠，神灵作用
于他们生命的投映。雪山和洱海，
见证了他们，瞬时却不可消逝的存在。

选自《湖南文学》2024年第 1 期

# 我们说到雪

/龙　少

我们说到往年的雪，然后才是现在
落下的，像跳动的银器
铸造着安静下的任意节拍
我们讨论过高处，朦胧的白色
和流水锻造出的固定模式
如冰层上的印记，装满风的迟疑
仿佛我们走在雪中
仿佛即将到来的新年气息
正落在灰雀和灰白的树梢上
像一张单色调的网
锁住冬日无尽的冰凉
孩子问我树叶被谁拿走了
我回头的地方
是树梢悄无声息地晃动
和鸟儿低垂的翅膀
雪已下了很久，雾的入口处
放慢脚步的人正背着一个空茫茫的宇宙。

选自《草堂》2024年第3期

# 飞　蛾

/卢卫平

我在煤油灯下看书
一本渴望在雪花的融化里
梨花盛开的书
夜很长
煤油灯的灯芯很短
我是听见嗞嗞的声音
才看见你的
看见你围着灯火飞舞
我可以把看过的书页
再翻回去
回到雪还在天空
还没有离开乌云
可你却无法回到
煤油灯还没有点亮的黑暗中
我是闻到你烧焦的味道
才看见你的
我曾火中取栗

你想在火中取出什么
你的嗞嗞声
是我灼伤时发出的叹息
我看见你在灯下
一动不动
我合上了书
像关上一扇油漆斑驳的门
你是否像我一样困倦
灯即将熄灭
我要守着你
直到你用死亡
结束这场我渴望的苦难

选自《草堂》2024年第6期

# 黑夜的一只手

/鲁西西

黑夜的一只手在我屋前的楼梯上攀缘。

只要一小时，就可顺着门锁找到我的呼吸。

爱情的盲人，是你先我摸到了夜的椅背；让头发混乱，

像某种死去的事情突然长出粗糙的皮质。

你用触角代替光在它自己轨迹上荣耀运行。

像一枚细针，你穿过我欲望的核并将它缝进

死亡幻觉里对肉体的敬意。

你提着盲人的声名肢解我在地狱中的完整，

眼睛里抽出了瞳仁，喉咙里割去了舌头；

视觉与听觉因色彩和语言的残缺在意义中下沉。

灵魂是灵魂的携带者，我是我自己的敌人。

这时我像一群被唤醒的孩子相互望着，露出

漫无边际的最本质的脚趾

选自微信公众号"读首诗再睡觉" 2024年12月13日

# 且 记

/陆辉艳

每天，从清晨开始
邻居的阳台上，会有一只鹦鹉
反复模仿人类的语言：
且记，且记……

一只鹦鹉的记忆里有些什么？
它鼓起的胸膛里有旷野之声
野性消失了
语言的技艺让它
如此截然不同：反复被选择
被驯服

想象也是如此
它驯服着我记忆中的明月——
黑夜这间巨大屋宇的
一片亮瓦。当它滑入云层
透出锈迹斑斑的天空

我听见心里的铁片在剥落

鹦鹉还在继续，用人类的语言
不停地重复：且记，且记——
记住这呓语
世界从驯服开始
在它的穹顶下
万物有长久的耐心制造羁绊与回声

选自《扬子江诗刊》2024年第6期

# 秋日，范家林村

把唐朝的那个秋日嫁接到
如今这个秋日上来

策马扬鞭与乘坐长安福特，有何区别
注意，我们的车型名称里
有他们共同爱着的长安

晚来了一千多年
玉米垛金黄，白菜碧绿，小狗站屋檐
昆虫在衰草间踉跄，杨树林唱起悲歌

村东头，公路桥边，通信铁塔发射的无线波段
覆盖智能手机，覆盖了唐朝
东鲁的郡县

中国最伟大的诗人
请你们接收我们发去的信号

季节盛大，端出秋蔬、雪梨、酸枣、寒瓜
大醉之后，吟《橘颂》，咏《猛虎词》

阳光照耀过诗人，照耀过他们造访的隐者
如今映在我们身上的光芒依然新鲜
秋风横扫旷野，横扫历史
洞察一切却不泄露天机

尽量把步伐放慢些吧
以辨认当年诗人在荒坡迷路时
沾挂衣襟的苍耳

选自《诗刊》2024年第3期

# 本　源

/ 马　累

黎明时分，
父亲扛着稻草人走进菜园。
风吹过杨树林，
仿佛一台巨大的风琴在弹奏
巴赫的托卡塔。
物象安静，枯栅中开出堇紫色的
牵牛花。
远处的平原像神的疆域，
白马与火车并驰。
过了这么久，我在意的
仍然是四季与星光之间永恒的秩序，
仍然是人类平静的骄傲与孤独，
以及时间本质而纯粹的样子。
父亲将稻草人安插在满是露水的
草地上，看太阳升起来。
村庄里传来婴儿的啼哭声，
我终于知道，那才是为诗的本源。

我终于知道，
云朵与石头在大地上流淌，
生命小如蝼蚁，诗歌如临渊一叹。
我们悲喜交集，慢慢老去。

选自《当代·诗歌》2024年第4期

# 身体的因式分解

/毛　子

唯一性是否获得了解放。
事实是，它没有。
所以天空只有一个太阳，
一个月亮。

这是否证明，奇数中最小的
也是最大的。
就像参观自己光滑的身体
依然有两处毛发茂盛之地
簇拥着各自的王
它们就像两个轮值主席
主宰着我们的所思、所渴、所望。

唯一性真的就那么孤立吗。
事实是，它有结伴成双的愿望
所以，睫毛、眼睛、耳朵、乳房、四肢
它们次第花开，有对偶之美。

但所有的偶数和奇数

都无法告诉我：为什么手是五根指头

血，天生就是鲜红。


一个复数的神秘在扩大它的领域

——假如我不是人，又会是什么物种。

还没有一台计算机，能从海量的可能性中

给出确切的答案。

所以，我写诗

作为世界的另一种因式分解。

选自《诗刊》2024年第11期

# 翻阅一本旧书

/ 孟醒石

翻阅一本旧书，就像走进一座老宅
上一位读者，七十年前的批注
如同藏在砖缝的密钥
让我轻易打开暗锁
绕过影壁，迈入垂花门
竖排繁体铅字密集茂盛
如同一棵棵高大的梧桐
字里行间闪光的亮点
如同罅隙透射的阳光
在尘世斑驳的留白

细读一本旧书，就像久居老宅
窗户纸太厚了，令人喘不过气来
日常的低语，突然冒出惊世的词句
宛如溽热的天气，一阵穿堂风吹来
让人浑身清爽
在孤独中体味到大自在

除了风声、雨声

还能听到弦外之音

看到阴暗的角落，长满嫩绿的青苔

选自《诗刊》2024年第5期

# 沙　葱

/苗同利

草原上一种类似韭菜的野草
味道跟韭菜差不太多。韭菜叶是扁的
沙葱叶是圆的。叶子里　汁水饱满。牛羊
喜欢。我也喜欢
草原上　牛羊肉味道鲜美　不腥不膻
跟它们每天吃的草有直接关系。
除了沙葱它们也吃别的草。它们像神农一样
一棵口感好的草吃到嘴里　眼睛顿时一亮
它们笑眯眯地吃草。有时　吃着吃着，笑出声来
有的草　既是美食　也是中草药。比如
蒲公英　车前子　马齿苋　艾草　淫羊藿　黄芪
锁阳　肉苁蓉。
锁阳　肉苁蓉比较名贵，很多男人把它们
泡在酒里。每天一杯　壮阳。
喝药酒的男人　都是正经男人。他们
没等太阳落山就睡下了　天不亮起床。

我有病才会吃药。牛羊
有没有病也吃

选自微信公众号"天天诗历"2024年1月17日

# 布拉格文学印象

/莫 言

清癯的布拉格
骨感的城
教堂的尖端肃指碧空
三万人的骨骼
装饰了圣殿墙壁
一万颗骷髅
镶嵌在庄严的穹顶
在最冷的注视下
年轻人举行婚礼
喷嚏声中走来
证婚人赫拉巴尔

忧郁的布拉格
寂寞的城
黄金小巷的游客
夜半又来
从甲虫变回的人

怀念做甲虫的耻辱与光荣
盼望着变回甲虫
悲凉的醉歌唱给
伏尔塔瓦河的涛声
盼望着与他相会
他是谁？卡夫卡

怀旧的布拉格
幽怨的城
广场上的雕像月下流泪
向古老的钟楼
诉说心事
那是一个春天的梦魇
钢铁的履带蹂躏了
石缝中的草芽
含苞的玫瑰在哭泣
给小狗起一个伟大的名字
是谁喊：昆德拉

幽默的布拉格
诙谐的城
在盛大的舞会上
闯入的驴驹让满堂生辉
国王的新衣化为纸屑
贵妇们围着它诉说心中的委屈
裙裾里跳出活鱼
原来现实就是笑话
再高的调门能高过驴吗
原来人都会死去
国王谦卑地说

亲爱的，哈谢克

诗意的布拉格
冷翠的城
每座桥都承载着爱与恨
比泰山还重，比鸿毛还轻
秋雨淅沥，石头圆滑
马蹄铁闪烁的明亮
是幽暗中你的泪光
缠绵的雨何时停
写《泪城》的人在前头漫步
撑着黑伞步履艰难
我从马车上一跃而下
您好！塞弗尔特

后记：甲辰四月，再访布拉格，正逢春雨，在哒哒的马蹄声中，想起阅读捷克文学的若干印象。昨夜晚睡，草成此类诗文字，抄供方家两晒耳。

甲辰九月二日于京华

选自微信公众号"两块砖墨讯"2024年10月22日

# 与崔完生书

/ 慕　白

我住在文成
山里人
只知山中事

也曾想天下事
爱天下人
但后来都成了浮云

半生已过
不再心怀万古愁
小小的县城
足够寄身

靠山的某一间房
我摆一书案
你如果来
也可改成茶几或酒桌

若与你知心
同行，可多携一人

前日交代门前飞云江
有一事最重要
文成不是世外桃源
脱离不了红尘

山里人不是古人
我刚梦到半个自己
睡着的时候
千万别叫醒我

选自《鸭绿江》2024年第5期

# 两只鸟

/娜　夜

书房外的瓦楞上　一只鸟
总会等来另一只
一起
站一会儿

有时我合上书
和它一起等

也在想：有别于人的
爱　更本能

今天落雪
午睡醒来
瓦楞上的小脚印
有跳来跳去的欢喜

我也欢喜

雪带来北方的气息

记住一只鸟的模样是不可能的
我假设：
站在瓦楞上的
始终是
那两只

选自《广州文艺》2024年第9期

# 山　中

/宁延达

卖掉城中房产
到山中建设一个小院落

养花　养马　养狗
再养一首诗

每天听文字噼里啪啦从星空砸落
每天欢呼着钻进风的羽毛

房子要有巨大的玻璃顶
不阻碍我随时看到飞翔的东西

地台要铺拆房子留下来的老木头
这将使我的心　看上去
没它们苍老

选自《诗选刊》2024年第7期

# 画地图

/牛庆国

只走过一次的路就画一条线
走过多次的路就画成一束线
拐弯的地方画成弧　或者角
爬过的山　涉过的河
经过的村庄和城市　都要标注
梦中去过的地方可以画成虚线
经常想念的地方标上海拔
把每一条路的终点连起来
就是你的版图
最早出发的地方就是你的首都
沿途打过交道的人
虽不能出现在地图上
但都是你疆域内的人口
像那里的历史和矿藏
当然　好多事你都无能为力
你只关心其中的一少部分人
每一种图标代表什么只有自己清楚

至于版图的形状像什么
比如吉祥物　比如猛兽　比如一件农具
或者别的什么物什　你都无法预知
你只知道每一条路上
每个人都是自己的交通工具

选自《诗潮》2024年第11期

# 公开的独白

我死了,你们还活着。
你们不认识我如同你们不认识世界。
我的遗容化作不朽的面具,
迫使你们彼此相似:
没有自己,也没有他人。
我祝福过的每一棵苹果树都长成秋天,
结出更多的苹果和饥饿。
你们看见的每一只飞鸟都是我的灵魂。
我布下的阴影比一切光明更肯定。

我真正的葬身之地是在书卷,
在那儿,你们的名字如同多余的字母,
被轻轻抹去。
所有的眼睛只为一瞥而睁开,
没有我的歌,你们不会有嘴唇。
而你们传唱并将继续传唱的
只是无边的寂静,不是歌。

选自微信公众号"北极星诗选读"2024年11月30日

# 大巴去婺源

/ 庞 培

自从通了高铁
人们再也不会有一个黎明
呼吸着寒冷星空，独自赶往
黄山市郊的老汽车站
只为了头班车的车票
赶上去往江西婺源的出发时间

我永远不会再有这样一个旅途
天漆黑。从旅馆床上醒来
出门时不知身在何处
省际长途大巴的车厢，外加绵延群山
森林中的雾，和深深的瞌睡
我曾是那旅途瞌睡的一部分

山谷在破晓时分裹满松针
溪流和露珠，怯生生的古老宁静
被打破

车厢颠簸不停，根本没几人
但班次一天只有一趟
到达婺源县城，整整六个小时

空气慢慢露出一个古代奇境
错落不一的徽州古村落，远近大小
从千年古樟树，从层层叠叠的青山
翠谷，山路蜿蜒的油菜花田
从马头墙织成的乡野的蜘蛛网
从烟熏火燎的木廊桥飞檐的造型

被年代之忧郁慢慢放大
山中耕牛和淙淙的溪流
把祖祖辈辈土地清亮的记忆送至
大巴车窗诧异莫名的耳畔
旅馆，乡政府霉烂的砖雕和木雕
共同把一出劫灰满面的《西厢记》

送出。山峰青黛的古徽砚台
已无法复原。千年古松木正在倒下
苦难一幕幕从车窗外掠过
湛蓝星江水喑哑，飘满古梅树瓣
巨龙一样在公路前后游走出没
村落，如同龙身上闪亮的鳞片

樟树的香气，在被泥石流阻拦的
烂黄泥和车胎周围弥漫。糟糕的天气
正好配以公路上下的绝美乡村
那千年的古中国，正在桥下、树下、溪流下
浑身赤条条，只穿博物馆样式的蓑衣

站在人面前，目光呆滞、赤贫、赤足、湿漉漉

每个村民走近你，都像岸畔的溪流
像田岸上的野花野草、竹篱深沟
像锯木场堆积如山的木花
那种深山里的寒冷，你不由得浑身上下
瑟瑟发抖，但却咬紧了牙关……
一时之间，你也赤裸在了淙淙的溪流中

雨时停时落。季节的界限空无
春夏秋冬，在这一洞开的徽州大地上
完全合而为一，拥抱住你——你不知晓
地球上有过春风秋雨、花开花落
只明白路边上的民居的马头墙
正从一种被毁灭的白色中生还

浩大的、白墙青瓦的徽骆驼
以一种泪迹斑斑的缄默肆意汹涌
婺源县城，只剩余下礼乐诗书
一段长满青苔的星江水的墙体
那里的汛期水位，那里弯曲的堤岸
是消失在深山的先民们默默垂下的泪眼

大巴车厢比我的脚步，比我的到达
更能靠近岁月和耕作的真相
熄火的方向盘一把攥住清华或李坑
密密的茶园，瞬间屏蔽掉大街小巷
各种阶级斗争、计划生育标语
车窗的眼睛，清澈倒映出一座俞氏宗祠

在两排惊呆了的乘客的座椅

空歇处，一名中年男子疲惫的头和脸

靠在其写作生涯的巅峰期

在一阵酒精、宿醉后的呕吐物气味

深处，睡着了——词语的大海退潮

缴械投降之后，一滴雨痕


是他青绿山水的悔恨

山的名字叫"笔架山""鄣公山""鄣母山"

水呢？水已遗忘或被遗忘

但这奇境始终留在他生命中

那黄山市老汽车站的班次、时间

映在星江水面，如同被推开的延村

人家的木门。波光粼粼

选自《人民文学》2024 年第 10 期

# 归还，也是回来

/青小衣

云山已经露出来了

雪花会来，雨水会来，叶子会长出来

鸟儿会回到巢里，杏花也会落在马背上

落日滚下悬崖了

还会有人把它从谷底捞上来

天上那些事儿，在树梢上摇摆

月亮走了会回来，星星没了会回来

河流会回来，桥梁会回来

路这么多、这么长，只够走到这儿来

你这儿来

我目光变小，呼吸变小。但内心更大

风车还在转。这儿水有多深，土就有多厚

我采花，梳头，看你

你跨越诧异、偏见

把雪归还给雨，把梅花归还给小鹿

把碎银子归还给湖水

把我归还于人海

143

荒野吹起白毛大风

风吹草动。你披挂日月鳞甲的大寂静

睁眼是白昼

闭眼是黑夜

选自《诗刊》2024年第6期

# 勾 勒

/邱华栋

我时常想象着你穿越的树林
想象着你在昨天的雨帘下奔跑
从树梢滴落的雨珠
声音一定比你发梢的小

我想象你小时候的模样
你长得那么快。比你的指甲和头发都快
而你对世界的警觉也在飞速增长

我看到了你那年的雪
看到了雪花怎样在你的双眸中变成了泪水
丰收的谷物，全都堆积在谷仓
停在屋顶的小鸟在炊烟中取暖
时光由南方而来
天上的云彩是鱼抛出水面的波浪
在这个波浪里，我永久地睡眠

选自微信公众号"原乡诗刊"2024 年 5 月 31 日

# 奔　赴

/ 荣　荣

静止时，一杯醇厚的酒与一杯纯净的水，
一样的心平气和。

那只是外表上的收敛或妥协，只是将水里的
火藏起来，那些被酿造的粮食和流水。

我更喜欢它们在不同器具里的样子，
经典的或煽情的，那些个性别具的外衣。

甚至装作一口袋粮食，细麻绳扎着口子，
被搬运着，用来小酌或畅饮，珍视与收藏。

他就带着这种酒长途驱车而来，
奔赴夜晚一场相聚与别离的狂欢。

纯音乐的背景里，他感觉自己是高速上的清流，
有时就是一坛酒，一个让人惦记的醇香男友。

选自《扬子江诗刊》2024年第4期

# 石头记

/三姑石

一块石头从水面起飞
经过短暂的飞行，又落到水面上
一块石头成为我的帮凶
从他的身体里，取过一把小刀
取出射向水中的子弹

一块石头在一首诗里，绊倒一头牦牛
现在他也成为一头牦牛
在西藏，一个叫鲁朗的地方吃草

一块石头从我的手里飞出
那轻巧的影子，像极了一个星球
不知道他要飞向哪里

选自《长江丛刊》2024年第6期

# 勺子柄与面包坊友谊赛

/桑　克

勺子柄并没有弯，
它对勺子面不满也不是由于
昨天的霰。还是回到
面包坊友谊赛吧——
把辣椒油和氢气球团结在一起，
还有蔷薇与龙舌兰。
美妙的是投机者沙锤先生，
他看起来弯了其实并没有，
正如勺子柄红着脸对着
勺子面吹胡子瞪眼。
还是抱紧自己吧——
勺子面反唇相讥的真正意图
不过是让面包坊的参赛者听见。
他们听不见。辣椒油
撑破了氢气球，后者的碎片
一如既往地团结着前者的油滴。
蔷薇和龙舌兰没有眼力见

还在欢呼，还在认为这不过是
事先策划事先排练过的
场面。加油吧——
氢气球遗嘱执行人对这个表示
极大的不安，正如勺子柄
硬挺挺映着正在变形的
勺子面。

选自《作家》2024年第3期

# 沧海月明

/桑 子

他们在谈论诗歌　谈论
庄稼在地里疯长
无数旧事在蚌体中孕育
从过去蔓延而来
包裹了我们
如分别时长久的拥抱
三十年了　暖风和一箱书
还有范姓的老师你的母亲
已在绵延的青山之上长眠

如异物植入体内
旧时光在伤口处艰涩地
改变着我们　多么幽深
激流和涡旋破坏着安宁
蚌壳坚硬
反对手持利刃的人
反对暴力

反对被观赏被屠杀被待价而沽

是什么在我们体内追逐与杀戮
尖利的金属物切断了
我们对旧时光的偏执

上一次死去是分别
这一次死去是在蚌体中取出珍珠
动作必须轻柔
如小巷长攻
如月光拂在身上
我们引颈就戮的一生
如珍珠在无限中孕育
以死亡相威胁
以虚空来和解

月亮不圆　星星硕大
现在湖中泛起了涟漪
闪烁的光严肃而愉悦
仿佛要找到每一天的意义
直到夜深人静
直到密集的雨声如急促的鼓点
直到我们在叹息声中认出自己

选自《星星（诗刊）》2024年第11期

# 给老娘做饭

/商  震

我问老娘

您想吃点儿啥

老娘说小米粥

我把锅加上水坐到火上

然后去淘米

淘好的小米还没下锅

老娘发话了

我不想喝小米粥了

想吃疙瘩汤

西红柿鸡蛋的

我说好的

洗西红柿切西红柿切姜丝葱花

马勺坐到火上

老娘又下指令

咱们吃一碗馄饨吧

我说好的

拿出一块五花肉剁馅

把本来要做疙瘩汤的面粉和成面团

馄饨煮好后
我把86岁的老娘
哄到餐桌旁坐下
端来一碗馄饨
还有一碟白灼青菜
和一碟哈尔滨红肠
老娘看着眼前的馄饨
不知道是对我说还是自言自语
其实我没饿

选自《诗潮》2024年第8期

# 跑　步

/ 尚仲敏

这几年我一直在减肥

我家里和办公室，各有一台跑步机

餐后半小时，跑三公里

直到大汗淋漓

今天我在家里跑步

我的小狗，突然跳到跑步机上

学我的样子跑步

太奇怪了，它毕竟是一只狗

我停下来，让它跑

多年前，我写过一首诗

大意是，作为人，应该为一只狗让路

选自《诗潮》2024 年 12 期

# 钟

/ 哨　兵

清水堡庙前空地上倒悬一口
功德钟，飘在空中
却像一个阿拉伯数字
0。0是无
也为空。循着锈迹
残片和遗迹，辨识每一个汉字
就是对着空无，赞颂人类的美德
和善。而雨过清水堡
风打洪湖，总能敲击这尊青铜
整日战栗和啜泣。这种声音超越抒情
和浪漫，直抵悲怆和本真。如女子
诀世，遁入钟内
吟唱失传的楚剧和花鼓戏：相公啊
我的春梦早已成空，惊梦是无

选自《作品》2024年第1期

155

# 爱情的未来

/沈浩波

他和她相遇在
一个很多人的酒局
他看了她一眼
就爱上了她
她也看了他一眼
就爱上了他
他们就这样相爱了
这就是他们
爱情的开始
但是总有人
忍不住要问
后来呢？
爱情的未来是什么？
我看到了他们的爱情
也看到了
爱情的未来
爱情的未来就是

在人群中
他们彼此
看了对方一眼
这一瞬的目光
就是全部的
永恒的
未来

选自微信公众号"天天诗历" 2024 年 10 月 2 日

# 天鹅没有眼睛

终于死亡了一只天鹅
终于暴露于平民的街头
终于被围观喧哗

"这就是天鹅吗？
怎么比鸭子还丑陋
翅膀简直是旧床单，
羽毛上还沾着白菜叶子
天鹅肉肯定难吃得要命。"
不，这不是天鹅
绝不是

"看，那才是天鹅。"
众人仰视梦幻般湛蓝的天空
天鹅依旧梦幻般美好
死亡的天鹅被遗忘
比一只鸭子更深的堕成垃圾

158

真实，我深知天鹅的特征
天鹅没有眼睛
有谁曾和它们对视过呢？
它们陶醉于颂词与仰视之中
长期微闭的眼睛渐渐退化
只剩下一副宽大的翅膀

更像一片羽毛
轻轻飘过天空

选自微信公众号"理想国"2024年2月22日

# 梦中语

/ 舒  洁

我知道失去了什么
那不是属于我自己的
在大雪初日，我知道百花
在哪里凋落，像一场葬礼
被苍穹注视

我知道那样的疼痛会持续很久
雏燕会衔着黎明归来
此刻，在某一片地域的北方
我知道河流冰封
牧人歌唱青春
老者怀旧

我知道
在所谓艰难的日子里
百花的种子深埋泥土
想着那种萌芽，这神主宰的奇迹

永远也不会折断翅羽
我知道那是全新的叶片
属于自由的摇曳

我知道，寒冷的冬季到了
我的兄弟姐妹们
已经换上冬衣
这就是一层新的记忆吧
我知道在更高的地方
年轻的灵魂，始终望着一个雨季

选自《收获》2024 年第 2 期

# 光与布匹

/苏　未

光经过许多地方
也有疲惫的时候。它从一片
屋顶跳跃下来
身子变得像一棵树的
花瓣那样透明
它被草地上的露珠碰碎
又将自己拼凑起来。让自己完整
而均匀地洒在
一家福利院的院墙上
它看到一个小男孩
费力地抱着一摞布走出来
便起身跟上去。小男孩那么瘦小
光心疼地拥抱他，让自己的影子
长久地沉默着
光让小男孩晾出去的布匹
悲伤地滴着水

选自微信公众号"诗眼睛"2024年6月28日

# 高台上
## ——给胡续冬

/孙　磊

高台上，我们互为箱体，
声音剥开北大的教室，带机油的声调
润滑了一代人的车轮。
是骤停的疾驰，让我无言。
而你缓慢卸下你车轮上的螺丝
慢得如同从不出发的
海平面。

对海而言
高台低于讲台，高处低于草
低于下行的扶梯，扶着它
我来到你低温的平原。
从北大到央美，从北京到上海，
只有这一个平原还是热的
枯荣交替，反光不断，
充满黑胶的张力。

高台上，树影内卷，被杂灯打散。
无限，以无意义的形式，旋转，并催我
成为一个盲陀螺。

选自微信公众号"诗刊社"2024年10月26日

# 一个男人走着走着突然哭了起来

/ 邰 筐

一个男人走着走着

突然哭了起来

听不到抽泣声

他只是在无声地流泪

他看上去和我一样

也是个外省男人

他孤单的身影

像一张移动的地图

他落寞的眼神

如两个漂泊的邮箱

他为什么哭呢

是不是和我一样

老家也有个四岁的女儿

是不是也刚刚接完

亲人的一个电话

或许他只是为

越聚越重的暮色哭

为即将到来的漫长的黑夜哭
或许什么也不因为
他就是想大哭一场

这个陌生的中年男人
他动情的泪水
最后全都汇集到
我的身体里
泡软了我早已
麻木坚硬的心
我跟在他后面走
我拍拍他肩膀关切地
叫了声兄弟
他刚刚点着的烟卷
就很自然地
叼到了我的嘴里

选自微信公众号"知见诗社"2024年6月18日）

# 星光照着涛声洪亮的大海

/谈雅丽

鼠尾草散发紫红的清香，
栾树高悬红灯笼
九月，天鹅沿着黄河故道飞行
夜色深重，但有星光照着涛声洪亮的大海

海伦说，我们应该有不被人打扰的寂静
集市上的牛群，满身泥泞地走着
我是那个挥鞭的行者
大风刮过堤坝一群羊的身上
河滩的芦苇齐刷刷地倒向南边
我是那个站在背风口的牧人

我感受自然的哲学，混合人的失控
我一向多虑，我端起玻璃杯
饮过一口咸腥的海水
我是那只拱背游泳的海豚
我是那只驮梦飞行的红嘴鸥

我是那只在沙地上爬行的小螺

我沉默无语——
我只剩下一小块作为人的、洁白的良心

选自《诗潮》2024年第11期

# 关于竹篮打水中对那条井绳的提醒

/ 汤养宗

后来，我们达成共识，认定手上的活儿
再重复一万次
也是空的。吊诡的是
却越来越迷恋上了
这条绳子，它就是赓续下一切的
依据，并相信，那假的
必须是要去服从的
和继续要用手提起来的
只有信赖这竹篮中的虚空，才能认下
所有的真实都漏洞百出
失去这份空空如也
我们不知自己的双手上还有什么
只有这条绳子留在掌心中的
摩擦，才值得回味，才知道
命中要承载的多与少
也有了时间流逝的手感
以虚为实的手感，一切在空气中

169

不断漏掉，又一再觉得要满出来的手感

选自《山花》2024 年第 8 期

# 打水的人

/凸 凹

打水的人，无水可打时
开始打地
直到打出地火也不见水时
转而打天

打天的具体做法
是搬石头砸天
结果天没砸着
反砸了自己的脚

哎，一个命中缺水的人
一个早过了熄火年龄的人
到现在还在跟光阴较劲
神拿他也没办法

选自微信公众号"天天诗历" 2024 年 3 月 28 日

# 拯救故乡

/ 王单单

和我们在城里生活了九年
七十岁的母亲，终于再次回到老家
分开这四个月，总共给我
打过五个电话，分别是村里的
堂哥、三伯、大舅、高荣、发云
五人死的时候
故乡似乎成了前线，坚守阵地的人
随时都在牺牲，而通向它的路上
援军，唯有母亲孤身一人

选自《文学港》2024 年第 11 期

# 麻　雀

/王二冬

麻雀的体内，装满十万亩大风。鼓鼓囊囊的
春天，立在东河西营的枝头，它们扑棱一下
消失于旷野，青草不开口，藏在芦苇荡中的
河流与梦，便活起来了……
为什么我会将麻雀视为乡村的神灵？它们
小到不及我巴掌大，飞不过生锈的铁塔
在我没有理解远方的含义前，是麻雀教给了我
天空、粮食、光芒，一场大雪后
关于世界的黑白和不露痕迹的情感
面对一群麻雀，我从不敢先开口
它们分散是子弹，成行是绳索
它们的叫声单调、琐碎，正如我们的生活
为什么要一再解释，甚至试图逃离？
麻雀就在那里，桌角、床头、书本的序言中
窗外的树梢上、貌似异乡的房檐下……
它们弯曲的嘴锋，正盯着我的眼睛
不远的地方，麦粒干瘪，被风吹起

我仍旧不敢言语，麻雀的心声就是我的心声

选自《香港文艺》2024 年第 2 期

# 赶时间的人

/王计兵

从空气里赶出风
从风里赶出刀子
从骨头里赶出火
从火里赶出水

赶时间的人没有四季
只有一站和下一站
世界是一个地名
王庄村也是

每天我都能遇到
一个个飞奔的外卖员
用双脚锤击大地
在这个人间不断地淬火

选自微信公众号"中国诗歌学会"2024年5月8日

# 芒种，关于象征

/吴乙一

芒种是一种象征。有如青梅
在少年心中，是一种象征
风吹树梢
树摇晃，亦是一种象征

每天清晨，众鸟用鸣叫唤醒我
后来，我学会了它们的语言
从此可以更加幸福地
拒绝忧伤

此时，若掌握了其他的幻术
你会发现，雨水单独对盐肤木说的话
桃金娘、木竹子、拐枣
早已将它们传播给了所有草木

在芒种之前种下了更多作物
从此可以放心听山歌

喝明前茶

有时也失眠，恰是因为新茶故

选自《扬子江诗刊》2024年第1期

# 雪

/ 西 川

雪的本意是纯洁，而它所带来的
是缺少：缺少星光
缺少嘚嘚马蹄响在寒冷的街巷
缺少一个鼻子通红的故人
来自长安或更远的地方

噼啪作响的炉火加深了寂静
灵魂有了深度，像一口井
如果有人敢于向其中探视
他不会照见自己
另一张面孔会叫他吃惊

覆盖万物的雪也旋舞在万物之上
像一首肃穆的乐曲
被围困的勇士眉毛结冰
头发灰白，进入了
我们称之为"黑暗"的广大领域

雪带来了缺少，对此
炉火低声吟唱着它的歌
黎明无声地萌动，你的耳朵里
只有雪——你还从未见过
一个雪里送炭的人

选自微信公众号"诗刊社"2024年12月22日

# 河水邀我去明日

/夏　午

生病后，我有很多时间，
像河流那样思考。
河水也许和人类一样，
晒着太阳，生着病。
河水吞噬时间的空白。
河水不能确定的，我也不能。
谁能说清，我们正在经历的这一切，
是应该坚持，还是应该放弃。
我有一个咳嗽不已，不能自己把控的肺。
我有一副被人在暗夜中反复敲打过的骨架。
我痛。
我倒下过五次，爬起来六次。
我摇晃的身体对河流的爱太肤浅，不足以
帮我熬过今天。
河水一次次邀我去明日。
我坐在岸边。
没有想好之前，我哪里也不去。

选自《诗刊》2024 年第 8 期

# 我经过她的居所

/小 葱

巨大微蓝，小箭镞般地飞行，
年轻的云，稀薄又绵软。
明月托起雾霜。天山和锡尔河
在我睫毛上散步。

水晶球失灵，从积雪的
记忆中爬出，我的手指飘起白烟。
遗憾的是，不会弹奏，
"像扣子一样的琴"。
或者，给小羊剪个新发型？

天山外啊，星外星，
梦的西窗只为一人而开。
——今夜，我经过她的居所，
古岩画中的裸女和猎虎，
被她的歌声召唤而来。

选自《当代·诗歌》2024年第5期

# 在江夏遇见一棵柚子树

/小　西

它不曾拥有秘密的早晨
一出生就被阳光纠正了
偏执的方向。所去之地
火车碾碎了所有的阻碍

假如它还没有理想
这一刻便有了
假如它已拥有露珠的爱情
那将继续沉浸在干净易碎的幻想里

它还要尊重运气
闪电之后，与暴雨重逢的决心
要能承受沉重果实带来的喜悦
也能接受它们离开时
枝条突然的变空

选自《人民文学》2024年第1期

# 1314 号界碑

/谢宜兴

无须在这里上演团圆的惊喜
可以对它作最深情的告别
1314 号界碑，比信物更像信物
竖立着一段对家国对大地的表白
爱，从来就有边界
不容侵犯，也不可逾越
人们由此想到承诺与浪漫
却忽略了界址代表着位置与守护
1314 是数字是符号也是语言
界碑是标志是见证更是宣示
一个个界碑，一个个戍边战士
多少年后梦见自己还站在那里
一生一世啊，一心一念
眼中万里山河，心上万家灯火

选自《现代青年》2024 年第 7 期

# 虚构的族谱

/ 辛泊平

从来没有完整的族谱，让我
为先人骄傲。我读到的历史
类似于传说，一个人刚刚写完
另一个人又开始重新修订

我看到，每一张被撕碎的纸上
都有坍塌的宫殿，被否定的王朝
每一个王朝都供奉着一个神话
都为众神排好了现世的座次

虚构的江山，众神也在虚构
一个寥廓的疆域，让众生相互仇恨
让众生迷失在虚构里
又在虚构里获得重生

我无意于叙述任何一个家族的历史
我的叙述只是对家族的猜测

我愿意遵守虚构的法则
愿意对前朝保持一种未知的敬意

选自《文学港》2024年第7期

# 不可知

/ 辛　夷

我坐在公园长椅，下午从湿地
走向美人蕉。有人分享养生经
脚步把落叶踩得脆响，有人经过
无意间丢下经济走向的猜想，像榕树投下
变形的影子。借着风，一些鸟鸣
和声音，冲决着我的疲惫。下午无限悠长
阳光拆解了阴阳，五步之内必有清寂
隐于苔藓或更低处，五步之外
路一次次被抬升，迫近波浪，或幻觉
一个人在下午坐着就如同远古
不断经历侵袭，在清晰和模糊间摇摆
无法还原。像此刻，水滴从她指间滴落
晶莹剔透，闪烁着不可知
我寻不到任何器皿承接，包括梦

选自《广州文艺》2024年第5期

# 在杜甫草堂读诗

/ 熊　焱

中年的嗓音有青苔的质地、霜雪的凛冽
仿佛要把春光读成蝉鸣
把风声读成一介书生的怒吼

石凳下的小草正探着身子
银杏的枝头上正爆着新芽
地沟的石壁生出小小的木耳
——这仿佛是大地在虚心地聆听

先生坐在我的身旁，铜质的塑像
微微侧脸，又微微低头——
他也在专注地倾听吗？哦，"千秋万岁名"
一滴墨汁在他寂寞的身后，已奔涌成精神的源头

我的目光越过重檐歇山顶，一方晴空蔚蓝
仿佛是字里行间的留白、抑扬顿挫中的欲说还休
而檐上似乎有水珠在落，低于一粒星辰的晶莹

又高于一片月光的轻盈

我的喉间渐渐滚烫，如同是在发酵着酒曲
从语调发苦的余韵中，尝出宽广的甜味
又如同是肺叶间的雷霆慢慢加温
为大地上奔波的人群，喊出时间深处的回音

我确信，整个世界有着数次短暂的寂静
碧空如洗，浣花的溪水从唐朝一直流向永远
一切都宛如无垠之境

选自《诗刊》2024 年第 7 期

# 敬意：致山水

/ 徐俊国

在我诞生之前，
山水已拥有圣贤心。
当我一脸歉意来到这里，
算不算为时已晚？
碧波死去的地方，长出山坡，
山坡上为什么生长着古老的桨？
为了表达敬意，
我背负一只小船，
游向一幅山水画的对岸。
这期间，翠鸟
阵亡一样，插入时间的镜面。
当它带起水花弹向高空⋯⋯
嘴里衔着一座
鳞片闪烁的
塔。

选自《扬子江诗刊》2024年第4期

# 慢　慢

这里的一切，我都喜欢
我喜欢阴郁的云层里的，一小片
蓝天。像一只含情的眼睛，望着我
我喜欢，望着这个世界。
有的时候，我喜欢一无所知的自己
踩着田埂上的青草，一步一步
又谨慎又粗心
远处传来鸡鸣声，乡下的凌晨
雾气四散，我真的喜欢
空气里有甜的、酸的，还有一点苦的味道
像人生，眼前的一切
混合着许多的味道，我喜欢一点点地尝
河水澄澈，两旁的林木带着新鲜的好奇望着
我望着它缓缓地流经
一些阴影摇摆着，但很快消失了
这里的阳光太过明媚——
远山带着欣喜的表情被它拥抱，抱了又抱

这里的事物就是这样，又多又密
爱一个人，爱得又久又长

选自《星星（诗刊）》2024年第7期

# 在高密，那年我十岁

/徐　晓

第一次坐滑梯，是在文化广场
我乐此不疲地沉浸于这飞翔的游戏
就像两个美妙的瞬间，我是前一秒
你是下一秒，前一秒喊叫着企图拽住后一秒

第一次见恋人亲吻，是在梨园
我震撼于电视中的画面，竟然穿越到现实
人来人往，车水马龙
我看到了他们，没有人看见我

第一次赏花灯，是在人民大街
夜空绚烂地绽放，我误入了一个新奇的世界
仿佛一只断线的风筝，我在起伏的身影之间游荡
整个世界都在大笑，我找不到一张熟悉的脸

那一年，我就在其中，深深地融入其中
在高密小城熙熙攘攘的街道里

我慌乱的脚步，总也跑不出身体的围城
但我记得那些微小的时刻

如此孤独，如此壮丽。我正在沉默地长大

选自微信公众号"徐晓的菜地" 2024年5月8日

# 前生挡了后路

/ 轩辕轼轲

每当他和她说这辈子的事
她就和他说上辈子的事
他说这辈子我想和你在一起
她说上辈子已经在一起了
他说这辈子我想好好照顾你
她说上辈子你已经照顾得很好了
他说这辈子我还想
她说有上辈子一次就值了

选自《青海湖》2024年第6期

# 摘果子的人和一个奇怪的梦

/阎　安

我在火车上读你的书
也曾在略感晕眩的飞机上读你的书
一本讲述花朵　果子和孕妇之间奇妙关系的书
我猜想你一定是个摘果子的人　但并不专业
那些果子都是一座废弃果园里自生自灭的果子
你是一个隐居在郊外的果园看门人
一个在草丛　星星和露珠里做梦的人
你摘的果子都是枝头无主的野果子

这并不奇怪　我最近做了一个彻夜不息的梦
一个关于你蓬乱的头发酷似鸟巢的梦
你端起一只瓷碗像穷人一样埋头喝水
在另一只蓝色瓷碗里　你养了一黄一黑两条鱼
你不停地把喝剩的水添入有鱼的碗中
然后不断压低身体　为了与鱼靠得更近
你和鱼亲密地低语　几乎是用嘴唇亲吻水面
仿佛一个梦与另一个梦在梦里低语

仿佛那条黄鱼是月亮和星星之神在世
黑鱼是可以像阴影一样穿越边界的使者
而你　假装在废旧果园里摘果子的人
正在完成一部关于星星、鱼和秤锤的创世之书

选自《作家》2024年第 8 期

# 辽 阔

/ 颜梅玖

夜色，一层一层地落在
对面的建筑上、树上，还有
我的身上
江水哼着一成不变的老情歌
温习着悠悠的旋律
辽阔的夜色
消化了世间的喧嚣，还有
我心中的块垒
夜色里，不必担心深渊
也不必凝视这个嘈杂的世界
一切互不打扰
叶下珠合拢了羽毛
萤火虫开始在草丛里发光
多么好啊
江边的我
也在夜色里长出了翅膀

选自《诗刊》2024年第3期

# 你在，爱的事物就在

靠在床头上，世界沉沉在睡，黎明还在等待
包括你，在梦中一声不响
你和爱神一样发光
天空和我一起醒了

星星们刚刚隐去，唯有启明星亮着
我不是孤灯，我和她一样照着
她照着整个天下，我照着整个心灵
这些光芒有一些来自哥斯达黎加上空
有一些来自加勒比海的海中

上下的灰白色和灰黑色就是男人和女人的色情
在短暂的生命中延伸永久
是你和我知晓了森林的秘密的那一夜呵
时光在飞逝
你睡着，我醒着

你在，爱的事物就在

选自微信公众号"小森的花园"2024年7月25日

# 夜　路

/杨　荟

有时做想做的事
但更多时候做应该做的事
履行义务比自由更难

父亲，祈求您保佑我的孩子
让她在人世勇敢地有尊严地活下去
野心是一种美德
而我已无力荣耀我的祖先
每次吃力地竖起心中的铜像
又总在有雨的夜里轰然倒塌
——我开始相信眼泪

闪电撕开的伤口不见缝合
冷霜冻住的也不只是刀刃
这世上，有两种人被需要
站起来的，跪下去的

那些操纵死亡
并从死亡中获利的，身着战袍
像个英雄，而不知道征服了什么

父亲，夜路走了这么多年
我还是怕黑

选自《诗刊》2024年第4期

# 发生在宋代的事情

/杨　键

放寒假的时候，
我们坐两三个小时的轮船，
（那时候还有轮船）
来到舅舅家江中心的小岛，
江水退下去了，
我们在江边挖泥鳅，
一锹可以挖出好几条，
仿佛现在还在眼前摇头摆尾，
傍晚的时候，有牛角
冲着我们的肚子顶过来，
赶紧躲开来。
早上四点来钟的样子，
舅妈用柴火熬起白米粥，
我们都在梦中被那米香香醒了，
翻个身又睡着了。
这些事情现在想起来，
好像都是发生在宋代的事情了……

选自《山花》2024年第6期

# 我把我的恨一再压低

/杨 康

我把我的恨一再压低

低过翅膀的飞翔。低过山川河流

我的恨早已低过了沉默的语言

把那些恨再压低一些吧

最好，低过我对你全部的爱

让我始终保持爱你的样子

我爱着你，世界多美。幸福

和阳光，一起向我围了过来

就连黄昏里的归鸟也美起来

一切都那么美，妙不可言。我恨你时

那些美都不见了，阳光开始刺眼

黄昏里我看见的只是余晖破碎

恨你，天地万物都心情沮丧

我只好把我的恨一再压低

并且始终保持爱你的样子

让自己看上去，还是那么生活如意

选自微信公众号"为你读诗"2024年11月15日

# 脉　动

/杨　子

我看见我的心脏
在手腕上跳，
小如黄豆，
在手腕上跳。
像机械装置，
不紧不慢，
永不停歇。
偶尔有点猛烈，
像落入陷阱的野兽。
更多时候
像机械装置，
跳着，跳着，
不紧不慢，
像天地间最小的神。
我希望它永远这样
跳下去，
不为时事左右，

不为爱情左右，
不为生死左右。

选自《百花洲》2024年第 4 期

# 黑天鹅

/ 天　天

它立在那儿，黑是深渊，
是流淌在它身上的恒河。

没有什么能阻挡，认识自我，
又抛下自我，
它同它的朝代站在一起。

所有的黑都在抽打世人的目光。
当一切静止下来，阳光照着镣铐、
新枝和爱过的同行者，
所有的黑都在沸腾，
犹如无法冷却的前因后果。

但，凭栏人不在，雪，不在，
只有一条晃荡的深巷迎面扑来。

选自《安徽文学》2024年第6期

# 在乌当遇见前世书生

/叶延滨

在乌当寨子的古造纸作坊
我在春天的下午看完
一根春竹的一生

被锋利的砍刀
结束了青葱岁月
竹叶上露珠向根脉告别

和其他的竹竿
捆在一起浸进山溪水
像小学生进学堂听流水授课

然后在热水坑中
脱去春天的稚气与天真
在击打和撕裂中脱胎换骨

像一次次的风雨行

更是一次次的苦修行
水碾滚压下炼得柔骨绵筋

苦难让虫都能长出翅膀飞舞
飞舞的蝴蝶在春风中
看见一张张纸从水中诞生

春天就这么平凡而真实
把一张新纸铺开
画上彩蝶翩飞

乌当古造纸作坊的春竹故事
让人看见了前世书生
和眼前的风中蝴蝶

选自《星星（诗刊）》2024年第6期

# 参观一艘宋船

/叶玉琳

板翼和龙骨有烧焦的痕迹
有人用螺丝钉修补
却依然底尖，上阔，高大如城堡
舱内配备迅雷炮、弩箭、火砖
冷兵器上千，战士若干人
他们习惯于晨光中列队
倚靠帆桅，越过大海的深渊
北洋有浪，冲犁之声犹在
一颗心被锚住，留下此岸与彼岸
那片未知海域
前有堵截，后有追兵
待何时，收篙停棹
满船清梦压住星河

选自《草堂》2024年第9期

# 数　量


/殷龙龙


圆明园之兄，你吃了吗
饥饿如虎
提前预约吧：约黑夜，约流食，约三仙岛


一池水，一张弓，几支箭
多种植物。两排大雁
一堆火，缕缕炊烟；灰烬用什么量词


一碗石头，两勺沙子
数词掺了米
癌细胞在淋巴里留下废墟
化疗已经年


今夜不见得脱险
两双鞋堵路，一尾鱼在水洼挣扎
一垛墙。十万册兵书换不来一亩良田

三巡酒，五味菜
头颅冰冷，行李一样弃在路上

始终不完美！青春啊
美得毫无章法

我们掠夺疾病，百年后骑为匪亲
一弯月，一圈块垒
几堆寒冷。舌头掉出来，唤不回
四处散落的兽首

始终不问缘由
圆明园：数词数兄弟，量词无穷

选自《诗刊》2024年第7期

# 在一条河的下游给上游写信

/尤克利

在一条河的下游给上游写信
在海边，送走落日
这个信使
天涯的尽头我背着空空的行囊
淘金人的梦在最后一抹霞光里
暗淡了光泽

回不去的雪山草地，清澈的
日光拍打着沿岸
青青的畦田
葱茏的河湾水草丰茂，风吹芦苇
一眼望不到边的青翠
四通八达的乡路向远方敞开
宽阔的诗意和未知的财富

随波逐流的鱼，用七秒钟的时间
替我勾勒出

望向岁月深处的鱼尾纹
大河的下游空剩下我疲惫的皮囊
送信人已越过了万水千山

选自《草原》2024年第11期

# 孔 雀

/ 于 坚

郊区黑暗的大堂深处有一只孔雀

开业时被经理涂上防腐剂

制成标本　隐喻富贵　欣欣向荣

饭店学会了飞翔　偷税 然后倒闭

从天空中垮下来　笙歌燕舞熄灭

人去楼空　会计室结账时

它被遗忘在灰尘里　羽毛幽蓝

眼球泽浊　保持着孔雀家族一贯的矜持

欲行又止的碎步　它不再言此意彼

站在自己的墓地里　死亡

并没有因象征的辉煌获得减免

选自微信公众号"原乡诗刊"2024年11月13日

# 父亲的眼镜

父亲一生只用过一副眼镜
晚年，他专门请人拍下的一张照片上
他戴着的那副老花镜，黑边
那也是他唯一的一张
戴眼镜的照片。后来成为他的遗像
他从固定在墙上的位置
看着我们
兴许更清晰。兴许
一无所见，他只是回到
暗自做准备的那个时刻
他想起他的后事，那必然到来
而又无法预知的那一天
但又不能因为无法预知
而对越来越近的事实视而不见
他买了眼镜，为了看清眼下的事物
而当他起意为自己拍一张照片
一张戴上眼镜的照片

没准他想的是，除了后事所需，顺便

好好看一眼来世

选自微信公众号"天天诗历"2024年3月14日

# 向不确定的事物索要亮光

/余秀华

如果我和你遇见
是一个旧词语遇见另外一个
是一片旧阳光遇见另外一片

曾经的日子蓄满雨水
我想起一个下午去找你
在一条河的堤岸上看到的那些鱼

我看着它们涌来
当我走以后，它们将永远消失
水永远停留在谜语表面

你将让词语充满新的生机
你向不确定的事物
索要亮光

这是最好的
我无法特指的事物

都有你身体上的一部分反光

选自微信公众号"读首诗再睡觉" 2024 年 10 月 3 日

# 我的房子

/ 宇　向

我有一扇门，用于提示：
当心！
你也许会迷路。
这是我的房子，狭长的
走廊，一张有风景的桌子。
一棵橘树。一块煤。
走廊一侧是由书垒成的，
写书的人有的死了，有的
太老了，已经不再让人
感到危险。
我有一把椅子，有时
它会消失，如果你有诚心，
能将头脑中其他事物
擦去，就会在我的眼中
摸到它。
我有一本《佩德罗·巴拉莫》，
里面夹着一缕等待清洗的

头发。我有孤独而
稳定的生活。
这就是我的房子。如果
你碰巧走进来，一定不是为了
我所唠叨的这些。
你和我的房子
没有牵连，你只是
到我这儿来

选自微信公众号"读首诗再睡觉"2024年11月20日

# 摄影师

/ 玉　珍

一段突然的时刻被摁住
只一秒，更多的随机
已消失在对面

没有任何时刻会停在那等待
这个偏执狂很快
朝世界拍摄了几十年

说话并不够诗意
捕捉更像
捕捉不是释放，是克制一个点

比如叫人痴迷的一瞬非常靠近诗
动人或简陋
而他看到了故事中的眼睛

这眼睛不会死去

因为有不必死去的方式
或延缓死去，或坚决不死去

相机够硬地坚持某种使命
同时它只吃
最柔软的光影
光影几乎是水，你无法想象水正被
快门定住

让它活着，他说
先不管人的一生有多短暂
那照片，多年后仍感到故事的颤抖

于是游荡着，随机地瞄准
若不是随机的瞄准
就绝无随机的摄影

只用看见去铭记，不安就会流动
流动那记忆比如我的情感
而拍摄是卡住看见
卡住一种情感

充斥画面的是越来越容易的看见
东西太多，看见得太多
一瞬或永久
很难绝对地相遇

根据理论，没有一张能
超过时间的照片
看见的底下是无底，是看不见

举起他的相机，在那儿走着
一切在通通溜走
在他的眼皮子底下曾有历史

选自《长江文艺》2024年第 8 期

# 万有引力

/喻　言

一条鲨鱼从太平洋蹦到月球

水中的职业杀手

需要一个假期

我抓住自己的头发

从人群中抽离

骗局中

我是一张作弊的假牌

恋爱中的男女

地表的浮游生物

一个个国家倒悬空中

一群总统气喘吁吁

在选举他们的人民

万有引力消失

我轻轻一拍

地球正穿越黑洞

宇宙是另一个宇宙

时间是另一个时间

我看见我行走在八十年代的小镇上
一位文艺青年
满脸爱恨情仇

选自《钟山》2023年第6期

# 信　使

/云　亮

到了秋天，那些
互不来往的树
开始派出叶子
四处打探消息

仿佛有什么事要发生
仿佛要发生的事
与每一棵树息息相关
仿佛要发生的事太重太大了
单单做好迎接的准备
还远远不够

那些从树上走下来的叶子
个个是通风报信的好手
混迹人间，前赴后继
当一棵棵光秃秃的树安然
度过冬天

我们有理由相信，是落叶
源源不断传递的信息
安慰、呵护了它们

选自微信公众号"天津诗刊"2024年11月25日

# 流　年

/查文瑾

它的残忍
并不在于从我们身上
带走了什么
而是让我们眼睁睁看着
一个个以卵击石的人
最后都成了卵石

选自《国际诗坛》2024年秋季卷

# 换栅栏

/ 臧 北

我们给院子换了栅栏
朽坏的铁栅栏被工人们拖走了
放在小推车上
我们觉得一阵高兴
到院子外面去再也不用
绕过整栋楼
新栅栏干净、整洁
有一个可以上锁的小门
我们把小门锁上
我们整天把小门锁上
但我们看看栅栏，又看看小门
心里一阵高兴
工人们也高兴
他们吹着口哨
把旧栅栏换成新栅栏

选自微信公众号"读首诗再睡觉" 2024 年 10 月 22 日

# 玫瑰叉

/臧　棣

印象最深的一次，
在滨海城市偏远的
一座博物馆里，它几乎是
和捕鲸叉并列在一起展出的。
在它的右边，锈迹已被处理过，
大航海时代的捕鲸叉
看上去像一件沉睡的武器；
线索仿佛还在，
但凶险已很难辨认；
说不好这是不是和有的时候
博物馆的寂静和坟墓里的寂静
没什么本质的区别有关。
而恰恰就是这些时候，
另一种区别，尤其不该被忽略：
角度狭窄到怎样的程度，
那上面，外人看不见的鲸血，
你却能看见。所以参观结束后，

同行的人没谁记得

看见过那样一对玫瑰叉子，

也就不足为奇了。外表上看，

旁边的捕鲸叉的金属质地

如同在炫耀一个对比；

而它的材质显然不是金属，

也不是看起来很像的石化植物纤维。

能想到的，基本都被否定了。

最后只剩下灵与肉，

范围很有限，还必须是

处于爱恨交加中的，

火花已积累在漂亮的对峙中；

所以，如果你选择站在灵魂一边，

它的本相就只能暴露

它是由神圣的肉体做成的。

所以，不论嵌入世界的程度有多深，

你都是它正准备抽身的对象。

选自《大家》2024年第4期

# 回忆，室内的雨

旧时代的雨水，下在室外
也下在室内。我看见父亲背着我
从西屋挪到了东屋，又从床上
挪到柜子里。柜子之外都是雨声
和雨水。我看见我，躲在里面
想着父亲裸露的背，异样的感觉。
父亲没有察觉我隐秘的成长
整晚在摆弄盆盆罐罐
雨水接满了倒掉，接满再倒掉……
外面的雨停了，室内的雨还在下
滴滴答答，从多年前来到今晚。
年轻的父亲，少女的我
留在时间深处漏雨的房间。

选自微信公众号"诗刊社"2024年1月2日

232

# 盛　典

/张二棍

不厌其烦，一次次沉溺于夜晚的群山之上
我目睹整座星空，携带着
无边的凛冽与庄严，自那不可及的
高处，扑面而来。这璀璨的盛典
既不生分，也不突兀
每一束星光，都是一份有备而来的厚礼
让人欢喜，让人泪涌
仿佛我是个苍老的游子
而星空，是我正在返回的家园

选自《长江文艺》2024年第8期

# 打盹的环卫工

/ 张新泉

她的午睡也很环卫
不呼噜，无梦呓
海在海里睡了，抱着
金灿灿的太阳
她抱着笤帚
没有一片枯叶
敢于飘向草地
至于熟透了的椰子
即使落下来，看见
她在打盹，也会知趣地
退回树上去

选自《星星（诗刊）》2024 年第 10 期

# 沙　子

千万不要落入沙的窠臼
沙子的千篇一律，以及它的坍塌性
会造出一台永动机似的沙漏

一天流逝一点儿
十二个月慢慢耗尽一年

我很小就
生长在陌生的土壤和环境中
我的故乡叫虚无
亲人叫远方

我参与到月亮的迁移之中
就像你成长于对万事万物的认知里——
可是我从不曾回到原点
像蒲公英，在风中我只会
更远地飘离

我们合力写着一部沙之书
—— 你把沙子从河流里搬进搬出

选自《诗选刊》2024年第8期

# 春山外

/赵晓梦

这里的一切都是新的
眼里长出新芽的茶树
地里长势良好的青菜蒜苗
墙角盛开的桃花和海棠
林里破土而出的竹笋和蘑菇
无风摆柳，蜜蜂也知飞舞
阳光在对面山梁走得缓慢
蓝色天穹下，城市的喧嚣
都被行人遗弃在春山外
这是我的西坑我的下午

这里的一切都是旧的
斑驳的墙体苍老的屋檐
门框上雨水洗白的对联
生锈的门环叩不开老屋
留在时间深处的生活日常
偶尔敞开的门洞里
花白头发老汉清洗着红薯

"幸福清单"下有四根竹笋
人和鸡的晚餐挤满堂前
散乱阳光恍惚了他和我的眼

天空在此栖息，树上的松鼠
明知道是假的，仍跳跃在
树和光的阴影里，巷道小院
面对群山仍能保持淡定
不惊扰别人也不惊扰自己
一如无尘可扫的屋顶瓦片
缓慢移动着三米外的光阴
"过云山居"民宿的天台上
坐下去就能与自然融为一体
尽管我知道自己的生命不在这里

选自《延河》2024年第7期

# 如果你是玫瑰

/郑单衣

如果你是玫瑰
就请在这火红的夏季深深鞠躬

你是我前天的花朵，也是我后天的花朵
如果你爱我
如果你是玫瑰就燃烧着幸福！

就踏着正步，穿过梦魇
把你的刺，深深留在我肉中

可我，并不在这儿
我是在更高的空中行走

如果你是玫瑰
就把沉重的头转向我夏天的道路
就低垂，就紧紧贴住自己的脊背

如果你爱我

如果你是玫瑰就痛苦着虚无!

选自微信公众号"读首诗再睡觉"2024年10月17日

# 一只橘子

/芷　妍

午睡醒来整理厨房
角落里躺着一只遗落的橘子
她的皮肤已经干瘪褶皱
用力剥开，吃一瓣
难以想象的甜美

再吃一瓣
汁液挤到了我的白色衬衣上
用湿巾擦，还是留下橘色痕迹

突然特别欢喜
橘子留下的印记
来自一棵橘树，阳光、雨水，时间的浸透
不远千里和我相遇
多少因缘的聚集
幸福很奇妙地升腾起来
弥漫了整个午后

选自微信公众号"兰芽小筑"2024年12月30日

# 天空总给我安慰

/周　簌

倘若每一天是同一天，且我们存在
交流着虚无世间，并不新鲜的事物
霞光流动如色彩之炫，或是山岚
静静，幽僻，如一座哥特式古堡

或是金朱色的果实垂挂
所有的雾蓝，涂抹墙体
我们安静居住
形体日渐枯槁，怀着巨大的迷雾
如同天边的流光替我们说出所有

群山的阴影，荡在黄昏的庄重里
那遥远闪光的部分，在天空的边缘
略显局促。如果灵魂与时间共存
陈旧的月光
依旧会照耀一百年后的我

那片梦幻的岛屿，灰蓝，叠加苍黄

像一只暮鸟悬停，然后快速穿透的云层

每当我凝视黄昏，天空总给我安慰

我像迷恋深渊一样，迷恋天空

选自《人民文学》2024年第5期

# 灯 房

灯，许多的灯，不同颜色的灯，
曾悬挂在屋顶上。后来，她陆续摘掉
红色的灯，摘掉黄色的灯，摘掉紫色的灯、绿色的灯……
蓝紫色的灯、银灰色的灯、藕荷色的灯……
最后还剩一盏灯：整个没有灯的空间是一盏暗了的、最大的灯，
她把它也摘掉——于是，
所有颜色的灯，在空间空缺的空间里，又一盏一盏地
亮了起来，红色的、黄色的、紫色的……
它们看起来与之前的灯完全一样，但只有她知道
它们变了，在一种不变之中。只有她携带
这变化，携带一盏从前她也看不见的灯，一盏
微型的、沉默的、内置的灯。
一盏与外部任何颜色灯盏都有所不同
又不会去遮盖它们的光亮的灯。

# 山那边的穷亲戚

/朱庆和

除夕那天，母亲给我钱
让我送到一个亲戚家

咱家已经很穷了
为什么你心里还想着别人

我们不穷啊，儿子
起码你过年还能吃上饺子

过年吃不上饺子的穷亲戚
住在山的另一边

天没亮我就赶到了，亲戚很诧异
我比他们家的鸡起得都早

我原路返回，下山的时候
 太阳正迎面升起

选自《当代·诗歌》2024年第2期

# 等风的时候

/庄 凌

雨水滴落在阳台的陶罐
城市上空弹奏起一场轻音乐
有人在咖啡里品味生活哲学
有人剥落秋天的灰色绒毛

高楼林林总总
汽车排队穿行
我们在不同的角落游离
拼凑时间往返的轨迹

等风的时候
心才渐渐开阔

选自《山东文学》2024年第1期

## 声　明

　　本套"2024·北岳·中国文学主题年选"收录了本年度众多优秀文学作品。在编选过程中，我们及各选本主编已尽力与大多数作者取得了联系，但仍有个别作者因故未能取得联系。见此声明，烦请来电，以便奉送样书。

　　联系人:高海霞

　　电　话:0351—5628715